転生した大聖女は、聖女であることをひた隠す 8

十

あらすじ

伝説の大聖女であった前世と、聖女の力を隠しながら、
騎士として奮闘するフィーア。

しかしながら、隠そうとしても隠しきれない聖女の能力の片鱗や、
その言動により、騎士や騎士団長たちに影響を与え、
気付けば彼らはフィーアのもとに集まってくるのであった。

サヴィスとシリル同席のもと、国王との面談に臨むフィーアは
シリルに激励され、全力で挑むことを決意する。

その面談中、国王のお気に入りである道化師の少年は、
試すような言葉とともに、フィーアへ「ゲーム」を持ちかけるが……。

「ゲーム」に仕組まれた意図に気付いたフィーアは、
道化師の少年こそが本物の国王だと指摘し、
あまつさえ彼が精霊王の呪いを受けていることを看破したのだった。

ナーヴ王国黒竜騎士団

総長 サヴィス・ナーヴ

	騎士団長	副団長	団員
第一騎士団(王族警護)	シリル・サザランド		フィーア・ルード、ファビアン・ワイナー
第二騎士団(王城警備)	デズモンド・ローナン		
第三魔導騎士団(魔導士集団)	イーノック		
第四魔物騎士団(魔物使い集団)	クェンティン・アガター	ギディオン・オークス	
第五騎士団(王都警備)	クラリッサ・アバネシー		
第六騎士団(魔物討伐、王都付近)	ザカリー・タウンゼント	ガイ	
第七騎士団(魔物討伐、北方)			
第八騎士団(魔物討伐、東方)			
第九騎士団(魔物討伐、南方)			
第十騎士団(魔物討伐、西方)			
第十一騎士団(国境警備、北端)	ガイ・オズバーン		オリア・ルード
第十二騎士団(国境警備、東端)			
第十三騎士団(国境警備、南端)	カーティス・バニスター	コーディ	
第十四騎士団(国境警備、西端)		ドルフ・ルード	
第十五騎士団(国境警備)			
第十六騎士団(国境警備)			
第十七騎士団(国境警備)			
第十八騎士団(国境警備)			
第十九騎士団(国境警備)			
第二十騎士団(国境警備)			

ナーヴ王国王城関係図

国王
ローレンス
（影武者）
宮廷道化師
セルリアン
9歳の姿をしているが国王
三大公爵
シリル・
サザランド
第一騎士団長
ロイド・
オルコット
文官
ノエル・
バルフォア
文官
同一人物
ロン
ドリー

騎士団表
（300年前）

ナーヴ王国騎士団

騎士団総長	ウェズン
第二騎士団長（王城警備）	ハダル・ボノーニ
第三魔導騎士団長（魔導士集団）	ツィー・ブランド
第五騎士団長（王都警備）	アルナイル・カランドラ
第六騎士団長（魔物討伐、王都付近）	エルナト・カファロ

赤盾近衛騎士団

団長	シリウス・ユリシーズ
護衛騎士	カノープス・ブラジェイ

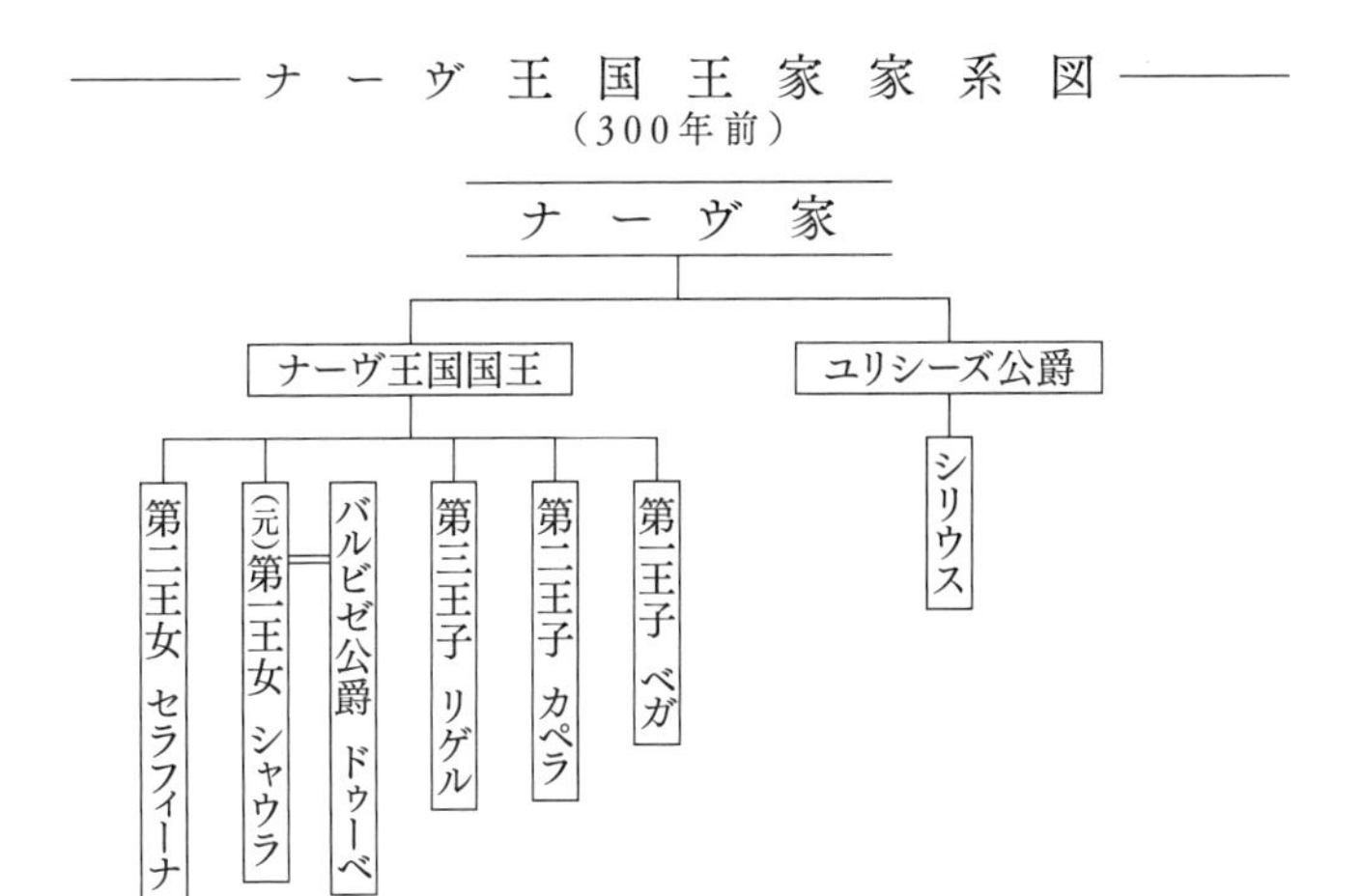

登場人物紹介

フィーア・ルード

ルード騎士家の末子。
前世は王女で大聖女。
聖女の力を隠して騎士になるが…。

ザビリア

フィーアの従魔。
世界で一頭の黒竜。
大陸における
三大魔獣の一角。

サヴィス・ナーヴ

ナーヴ王国
黒竜騎士団総長。
王弟で
王位継承権第一位。

シリル・サザランド

第一騎士団長。
筆頭公爵家の当主で
王位継承権第二位。
「王国の竜」の二つ名を
持つ。剣の腕は騎士団一。

カーティス・バニスター

第十三騎士団長で
ありながら、職位は
そのままに第一騎士団の
業務を遂行中。
前世は"青騎士"カノープス。

セルリアン

宮廷道化師。
その正体はナーヴ王国
国王ローレンス。

300年前

セラフィーナ・ナーヴ

フィーアの前世。
ナーヴ王国の第二王女。
世界で唯一の"大聖女"。

シリウス・ユリシーズ

300年前に王国最強と
言われていた騎士。
近衛騎士団長を務める、
銀髪白銀眼の美丈夫。

ドリー(ロイド・オルコット)

宮廷道化師。
その正体は三大公爵の一人、
ロイド・オルコット公爵。

ロン(ノエル・バルフォア)

宮廷道化師。
その正体は三大公爵の一人、
ノエル・バルフォア公爵。

デズモンド・ローナン

第二騎士団長
兼憲兵司令官。
伯爵家当主。
「王国の虎」の二つ名がある。
皮肉屋のハードワーカー。

イーノック

第三魔導騎士団長。
寡黙だが、
魔法に関する話題では
饒舌になる。

クェンティン・アガター

第四魔物騎士団長。
相対する者の
エネルギーが見える。
フィーアとザビリアを
崇拝している。

クラリッサ・アバネシー

第五騎士団長。
王都の警備を総括する、
華やかな雰囲気の
女性騎士団長。

ザカリー・タウンゼント

第六騎士団長。
部下からの人気は絶大。
男気があって、
面倒見がよい。

ファビアン・ワイナー

フィーアの同僚騎士。
侯爵家嫡子の
爽やか美青年。

シャーロット

フィーアが友人になった
幼い聖女。

アルテアガ帝国
300年前
帝国
王国
290年前（カストル大帝国時代）
帝国
王国

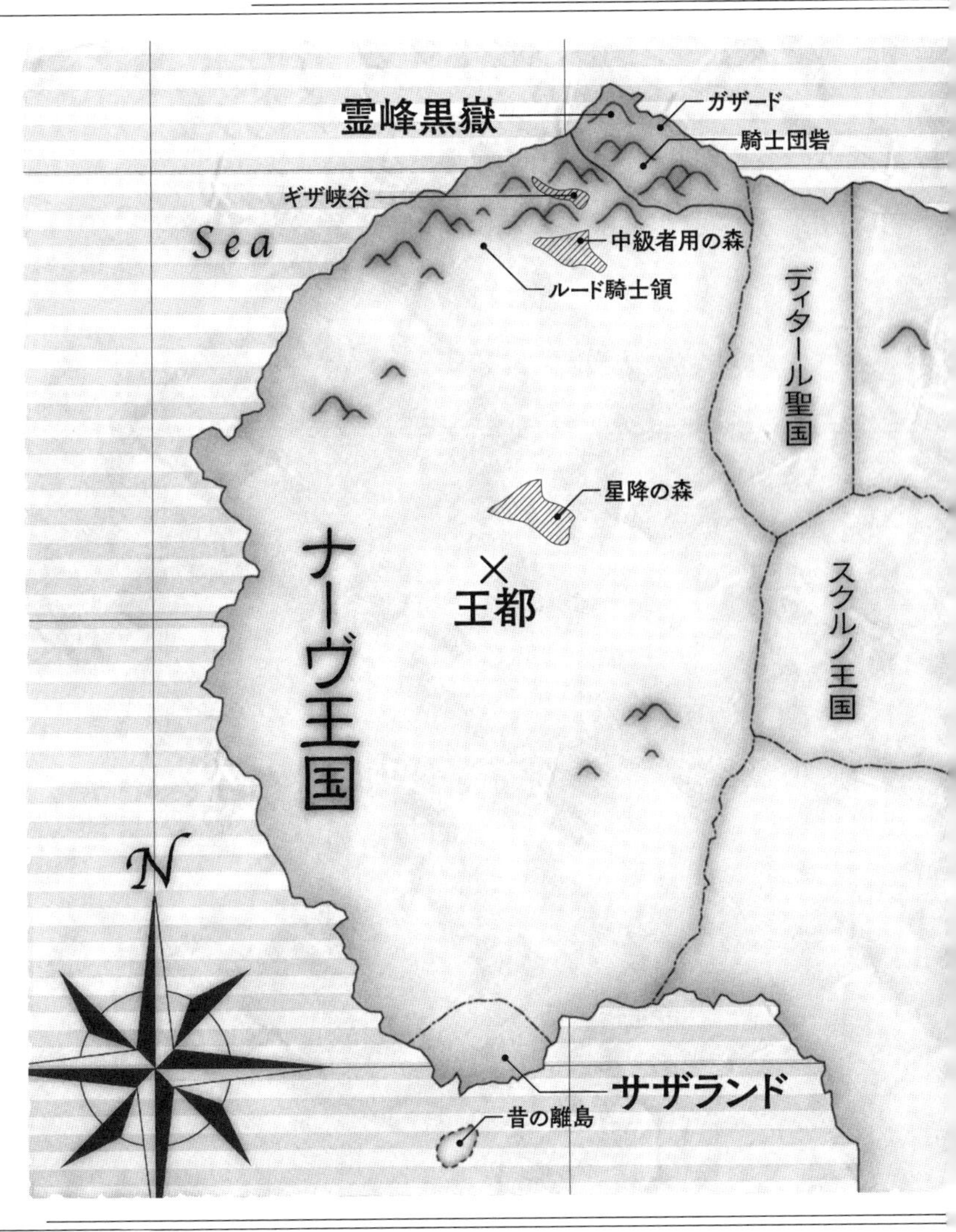
霊峰黒嶽
ガザード
騎士団砦
ギザ峡谷
Sea
中級者用の森
ルード騎士領
ディタール聖国
星降の森
ナーヴ王国
王都
スクルノ王国
N
サザランド
昔の離島

CONTENTS

45 公爵邸訪問2 …… 016
【挿話】第二回騎士団長秘密会議 …… 050
46 第一騎士団配属の理由 …… 070
47 道化師の弟子 …… 086
48 聖女デビュー …… 124
49 危機との遭遇1 …… 151
【SIDE】オルコット公爵ロイド「君を守ると誓ったから」 …… 238
【SIDE】国王ローレンス「世界か君かであれば、君を選ぶ」 …… 258
ザビリア、「粛清リスト」を更新する …… 266
【SIDE】カーティス「休暇の正しい使い方」 …… 274

【SIDE】クエンティン
「クエンティン・アガター(29歳・独身)、母になる」……285
セラフィーナと騎士団長食事会(300年前)……295
転生した大聖女は、聖女であることをひた隠すZERO
1巻 プロローグ試し読み
【SIDE シリウス】セラフィーナという従妹……312
あとがき……322

The Great Saint who was
incarnated hides being a holy girl

45　公爵邸訪問2

「やあ、いらっしゃい。よく来てくれたね」

　公爵邸の玄関口で私たちを出迎えてくれたのは、オルコット公爵その人だった。

　公爵ともあろう者ならば、部屋の奥でふんぞり返っていてもおかしくないのに、自ら迎えに出る気安さに驚いて目を見張る。

　けれど、これがオルコット公爵の通常スタイルなのか、シリル団長は特段そのことに言及することなく、普段通りのにこやかさで挨拶をしていた。

「ロイド、本日はお招きいただきありがとうございます」

　一方、笑顔のシリル団長を前にしたオルコット公爵は、苦虫を嚙み潰したような表情を浮かべただけで、返事をしなかった。

　お招きした覚えがない身としては、そういう反応になるのだろう。

　そうは言いながらも、結局のところ骨の髄まで紳士であるオルコット公爵は、誰であっても無下に扱えないようで、気品のある仕草で私たちを応接室に案内してくれた。

正門から館までの距離と立派さ、館の大きさと豪華さ、廊下に敷かれた絨毯のふかふかさと飾られた絵画の額のぴかぴか具合、その全てがオルコット公爵の財力を示している。

さすが公爵だわ、と感心している間に通された応接室は、大きな窓がある日当たりのいい部屋だった。

高級ながらも上品な家具が配置されている広い部屋を見て、本人と同じように個性的な部屋を想像していた私は、「普通だわ」と心の中で呟く。

意外に思いながら部屋を見回していると、深緑のソファに1人の少女が座っていることに気が付いた。

その少女は、濃いピンクの髪を腰まで伸ばした滅多にないほどの美少女で、私より少し年上に見える。

「紹介しよう、養女のプリシラだ。…………………彼女は聖女様でもあるんだよ」

プリシラの名前を紹介しても、本人がソファから立ち上がる気配を見せなかったので、オルコット公爵は聖女であるという情報を付け足した。

すると、プリシラは納得がいったようで、無言のままソファから立ち上がる。

そんなプリシラに対して、シリルがにこやかに訪問者の紹介を始めた。

「はじめまして、プリシラ聖女。第一騎士団長を務めておりますシリル・サザランドと申します。そして、こちらは第二騎士団長のデズモンド・ローナンです」

プリシラは無言であったものの、紹介に合わせて、シリル団長、デズモンド団長……と、順に視線をずらしていく。

無言のままでいるのは、興味がないからではないらしい。

「それから、我が第一騎士団の騎士であるファビアン・ワイナーとフィーア・ルード、最後に王城勤務のシャーロット聖女です」

プリシラはシャーロットが紹介されると、値踏みするかのように頭のてっぺんから足の先まで視線を走らせた。

その視線に耐えかねたシャーロットが、「あの、よろしくお願いします」と小さく呟くと、プリシラはシャーロットのオレンジ色の髪の毛に視線をやり、考えるかのように目を細める。

「ふふふ、どうやら僕の娘は恥ずかしがり屋でね。なかなか口を開かないのだよ。だが、これも個性だと思って、見逃してくれないか」

無言ではあるものの、強い視線で一人一人を正面から見つめてきたプリシラの姿は、決して恥ずかしがり屋に見えなかったけれど、養父である公爵が言うのならばそうなのだろう。

それぞれの紹介が終わると、オルコット公爵に促されてソファに座った。

同時に、香しい紅茶とストロベリータルトが運ばれてくる。

どういうわけか、私の皿にだけタルトが3切れも入っていた。

「え？」

不思議に思ってきょろきょろと辺りを見回していると、オルコット公爵と目が合う。

公爵は片手を口元に添えると、私の方に身を乗り出してきて、普段より小さな声を出した。

「友人だけに行う特別なえこひいきだよ。僕はフィーアを喜ばせたいんだ」

普段より小さな声ではあるものの、その場の全員に聞こえている。

公爵は一体何がしたいのかしら……と思っていると、すぐに答えが出た。

シリル団長が公爵の言葉を打ち返したのだ。

「フィーアからどこまでも他人扱いをされるロイドが、そのことを解消したいとの浅知恵の基に差し出す、安っぽい賄賂ですよ」

……ああ、なるほど。オルコット公爵はシリル団長をからかいたいのだ。

そして、そのことを十分分かっているだろうに、シリル団長は毎回律儀に対応している。

まあ、この2人は本当に仲がいいのね。

そう考えながら、私は大きな口でぱくりとタルトを食べた。

「わっ、美味しい！　このタルトは本当に美味しいですね！　さくっとした生地とトロリとしたクリーム、それにイチゴの酸味が利いていて、絶妙に美味しいです!!」

本当に美味しかったので、素直に感想を漏らすと、公爵は嬉しそうににこにことしていた。

けれど、それ以外の参加者は無言のまま、誰一人タルトに口を付けようとしない。

「どうして誰も食べないんですか？　美味しいですよ」

不思議に思って尋ねると、デズモンド団長が信じられないとばかりに顔をしかめた。

「フィーア、お前は本当に鋼の心臓を持っているんだな！　どうしてこの状況で、食い物が喉を通るんだ！　お前は緊張して胸が詰まるとかないのか？」

「えっ？」

緊張して胸が詰まる……

私は一旦フォークを皿に戻すと、片方の手を口元に当てて、視線を落とす。

「失礼しました。公爵家にお呼ばれするという栄誉に舞い上がり、緊張感がおかしな方向に作用したみたいです。……そうですね、胸が詰まって苦しいです」

全員がじとりとした目で見つめてきたけれど、私は物憂げな表情を崩さなかった。

何事もやり切ることが大切なのだ。

すると、オルコット公爵が楽しそうな笑い声を上げた。

「フィーアは面白いね。そして、『公爵家』だなんて、いつまで経っても他人行儀だよね。僕のことを名前で呼ぶようにと何度も頼んでいるのに、未だに『オルコット公爵』としか呼ばないんだから。お堅過ぎるよ」

すねたように言う公爵に、ファビアンがにこやかに相槌を打つ。

「フィーアにはそういうところがありますね。私もフィーアに自己紹介をした際、愛称で呼んでほしいと頼みましたが、あっさり無視されましたから。結果、私の希望は採用されることなく、今まで一度も愛称で呼ばれたことがありません」

そういえば、そんなこともあったわね。

そんな昔のことを覚えていて、このタイミングで披露するファビアンはどうなのかしら。

そう考えながら、私は恥ずかし気な表情を作ってうつむく。

「私はこう見えても慎み深いのです。そんな馴れ馴れしいことはしませんよ」

「『馴れ馴れしいことは、しない』」

シリル団長とデズモンド団長が同時に同じ言葉を呟いたけれど、その呟きに深い意味はないと信じることにする。

……それはそれとして、と私はもう一度フォークを手に取ると、ぐるりと全員を見回した。

改めて考えると、今日は何の集まりなのかしら？

オルコット公爵の話では、最近養女を迎えたので、年が近い私に仲良くなってほしいとのことだった。

聖女ならば私のお仲間だし、会いたいと思ったのがそもそもの始まりだから、できればプリシラ聖女と話をしたいのだけど……先ほどから、彼女は無言で紅茶を飲み続けている。

うーん、どうしたものかしら、とシャーロットに視線をやると、彼女はもじもじとスカートをいじっていた。

それならば、とシリル団長、デズモンド団長、ファビアンを見ると、相手の出方を窺うかのように、よそ行きの表情を浮かべている。

あれ、この3人は招待もされていないところに、勝手に公爵邸に押し掛けた形になっているのよね。

ということは、少なくともそれをけしかけたシリル団長には、この邸を訪問する用事と目的があったんじゃあないかしら？

それなのに、どうして様子見の態度を崩さないのかしら、と訝しく思っていると、オルコット公爵が楽しそうに口を開いた。

「フィーアは表情が豊かだよね。何も話さなくても、見ているだけで楽しいな。対して、うちの聖女ちゃんは表情が崩れないんだよね。真面目っていうのか。だから、正反対のタイプ同士で仲良くなれるんじゃないかな」

すると、それまで沈黙を守っていたプリシラが、冷めた目でオルコット公爵を見つめる。

「私はそうは思いませんわ。聖女と騎士では接点がありませんから、会話も成り立たないでしょうし」

「それはどうかな。君が筆頭聖女になったら、騎士たちの魔物討伐に同行することになるのだし、君にとって騎士は身近な者になるはずだよ。だから、今のうちから仲良くしておくといいのじゃないかな」

にこやかに提案するオルコット公爵だったけれど、プリシラにとっては聞きたい内容ではなかったようで、返事をすることなく再び紅茶のカップに手を伸ばした。

するとと、前かがみになったプリシラの髪がはらりと顔にかかり、彼女の視界を塞ぐ。

プリシラは前髪も後ろ髪も全て腰の長さまで伸ばしており、リボン等で結んでいないので、動く度に髪が顔にかかっていた。

邪魔になるように思われたけれど、綺麗なピンクの髪だからできるだけ伸ばしたいのだろうし、リボンやピンでとめたくもないのだろう。

「プリシラ聖女は前髪も含めて、腰まで髪を伸ばしているんですね。綺麗な髪ですから、切るのが躊躇われますよね」

思ったことを口にすると、一瞬、しんとした沈黙が落ちる。

そのため、あれ、私は何かおかしなことを言ったのかしら、と心配になっていると、プリシラが口を開いた。

「まあ、ご存じないのね」

「えっ？」

私が何を知らないのだろうか。

ぱちぱちと瞬きをしていると、隣に座ったシリル団長が丁寧に説明してくれた。

「多くの聖女様は、プリシラ聖女と同じように、前髪を切らずに伸ばされるのですよ。というのも、『筆頭聖女の髪型』というのがあって、それは片方の目元を髪で隠すスタイルになっているのです。

恐らく、聖女様のお美しい髪色を強調するための髪型として、代々伝えられているのでしょうね」

まあ、そんな髪型のルールは、３００年前にはなかったわよ。

「ですから、筆頭聖女の選定が行われる時期には、どなたが選ばれてもいいように、聖女様の多くは前髪を伸ばされるのです。補足しますと、来月にでも筆頭聖女の選定が行われる予定です」

「そうなんですね」

頷きながら、私は確認するため、シャーロットにちらりと視線をやる。

すると、私の記憶通り、シャーロットの前髪は、目元にかかるくらいの位置で切りそろえられていた。

……シャーロットは前髪を伸ばしていないけど、もしも筆頭聖女に選ばれたらどうするつもりかしら？

小首を傾げて考えていると、シャーロットが慌てた様子でぶんぶんと首を横に振る。

「フィーアの考えていることが分かるような気がするけれど、そんなことは絶対に起こらないから大丈夫よ！」

「そう？」

シャーロットはなかなか優秀な聖女だと思うけど……でも、そうよね。彼女はまだ子どもだものね。

長年訓練をしてきた、経験の多い聖女には敵わないかもしれないわ。

そう納得して頷いていると、大人しく紅茶を飲んでいたデズモンド団長が、慌てた様子で声を上げた。

それから、カップを絨毯の上に落とす。

ふかふかの絨毯の上に落ちたカップは、なぜか真っ二つに割れていた。

……まあ、デズモンド団長にしては珍しい失敗ね。

慌ててカップに手を伸ばす団長を見ながら、私は首を傾げたのだった。

◇　◇　◇

「あっ、失礼！」

デズモンド団長は慌てた様子で落としたカップを掴んだけれど、慌て過ぎたようで手のひらに割れたカップが食い込んでいた。

案外、団長は不器用なようだ。

そのため、すぐに手のひらからぼたぼたと血が滴り始める。

デズモンド団長は急いでポケットからハンカチを取り出すと、傷口に無造作に巻きつけた。

「えっ、そんなぐちゃぐちゃにハンカチを巻かなくても、聖女様に治癒してもらったらどうですか？」

デズモンド団長は忘れているようだけど、この部屋には聖女が2人もいるのだ。

正確には3人だけど、これくらいの怪我なら、私がこっそり力を使うまでもないだろう……と考えながら、騎士の顔をしてプリシラとシャーロットを交互に見やる。

すると、シャーロットはおずおずとした様子でプリシラに視線をやった。

……ああ、そうよね。この家の聖女であるプリシラの役割を取るわけにはいかないわよね。

それに、シャーロットは他の聖女を前にすると、未だに自信がなくなるようなのだ。

というのも、シャーロットは3歳の時に教会に連れて行かれて以降、大人の聖女たちに囲まれて暮らしてきたのだけれど、彼女たちは経験が多い分、回復魔法の使用に優れていたため、シャーロットの魔法をあまり評価してこなかったらしい。

そんなシャーロットにとって、出会ったばかりの聖女の前で、自分の魔法を披露することは難しいに違いない。

だとしたら、プリシラにお願いするのが一番ね、と考えて彼女に視線をやったけれど、彼女はそ知らぬふりをして紅茶を飲み続けていた。

あれ、プリシラも魔法を使いたくないのかしら？　と、首を傾げていると、私の疑問を読み取ったオルコット公爵が口を開く。

「フィーア、市井にはほとんど知られていないことだが、聖女様たちには暗黙の了解があってね。『基本的に、定められた業務以外では回復魔法を使用しないように』と定められているんだ。魔法を使用し過ぎると、魔力が回復するまで何日もかかるから、いざという時に使えなくなると困るからね」

「そうなんですね」

私の場合、魔力が空っぽになっても1日で元に戻るけど、その分、ものすごく食べるのよね。

なるほど、一度にたくさん食べられないタイプの聖女は、魔力回復に時間がかかるのかもしれないわ。

「ただし、本人の総魔力量から考えて、翌日に影響が出ないほどの魔法であれば使用可能となっているから、結局、抜け穴はあるんだよね。数日間、業務が入っていない聖女様の場合は、使い放題ってわけだしね」

「そうなんですね」

そう言えば、シャーロットは魔力の制限なく、私と魔法の練習をしていたわよね。

つまり、本人次第ってことね。

そう納得していると、オルコット公爵がプリシラに顔を向けた。

「プリシラ、君が魔力を温存したがるタイプなのは分かっているが、聖女様の力を貸してもらえないかな。デズモンドは我が公爵家の客人だ。君がいる家から怪我人をそのまま帰すとしたら、外聞が悪いだろう？」

けれど、プリシラは賛成しかねるといった表情で公爵を見返す。

「そのような前例を作ってしまうと、公爵家の客人が怪我をする度に、私が治癒しなければならなくなりますわ。賢明な考えとは思えません」

それから、プリシラはデズモンド団長をちらりと見た。

「それに、騎士が『このプリシラから怪我を治してもらえなかった』などと、吹聴するはずもないでしょう」

プリシラの言葉は、『将来的に王城で力を持つ可能性がある聖女を貶める言葉を、騎士が口にするはずもない』との牽制だった。

そのような発言をするということは、プリシラは筆頭聖女になる可能性がある、能力が高い聖女なのだろう。

でも、だとしたら……

「能力が高くて、回復魔法の使用に問題がないのであれば、怪我人を治したいと思わないんですか？」

純粋に疑問に思って質問すると、プリシラは片方の眉を上げた。

「本当に無知な方が交じっているのね。聖女の力は奇跡の御力だから、使用は限定されるべきだというのに。『怪我を治したいから、回復魔法を使用する』だなんて、思ったままに行動する子どもの発想だわ」

オルコット公爵は申し訳なさそうな表情で、私に視線を向ける。

「プリシラは大聖堂で成長した、選ばれた聖女なんだよ。そのため、その力は『奇跡』ともてはやされて、むやみやたらに使用されることが、これまではなかったようでね。つい彼女は、魔力を温存したがるんだよ」

なるほど、プリシラは回復魔法の自由使用にいい顔をされない環境で育ってきたらしい。

小さな頃からそのような教育を受けてきたのであれば、その考え方が身に付いているのだろう。

そして、プリシラはこれまで、怪我を治癒した時の喜びを、真に味わったことがないに違いない。

そうであれば、プリシラの言動も理解できるわねと考えていると、デズモンド団長がハンカチを巻いた手をひらひらと動かした。

「オレのことはお構いなく。かすり傷だから、急いで治癒する必要はない」

「すまないね」

オルコット公爵がそう返事をし、話が終結しそうになったその時、――――シャーロットが何度か深呼吸をした後、おずおずと口を開いた。

「あの……私で良ければ、治しましょうか？」

そんな彼女の姿を見て、私はびっくりして目を見開く。

まあ、シャーロットが他の聖女の前で、自分から回復魔法の使用を提案したわよ！

それは間違いなく、シャーロットのはじめの一歩だった。

シャーロットがぎゅっと手を握りしめ、いかにもどきどきしながら返事を待っていると、デズモンド団長は「いや、それは悪いだろう」と、早々に断りの姿勢を見せる。

そのため、『何てことを！』と詰め寄りたい気持ちになった。

というか詰め寄った。

「デズモンド団長、余計なことを言わないでください！　そうやって好意を受け取らない人がいるから、聖女様はますます自由に能力を行使し難くなるんです！　『怪我をして痛いから、早く治したい』という気持ちのままに、治してもらえばいいんですよ」

すると、それまで成り行きを見守っていたシリル団長がおかしそうに微笑む。

「だそうですよ、デズモンド。フィーアの手にかかると、物事は何だってシンプルになりますね」

「あ、ああ……」

上ずった声でそう言うと、デズモンド団長は巻いていたハンカチを手のひらから外し、消極的な様子で手を差し出した。

その手のひらからはどくどくと新たな血が流れており、団長が言ったようなかすり傷では決してなかった。

以前、デズモンド団長は聞こえなくなっていた片耳を、シャーロットに治してもらったことがある。

そのため、彼女の能力を疑っているわけではなく、純粋に遠慮したのだろうけれど、ここは遠慮する場面ではないのだ。

人々を治癒することで得る喜びが、聖女を成長させるのだから。

シャーロットは緊張した様子でデズモンド団長に歩み寄ると、彼の手の上に両手をかざした。

それから、ごくりと唾を飲み込むと、ゆっくりと呪文を唱える。

「慈愛深き天の光よ、我が魔力を癒しの力に変えたまえ――『回復』」

すると、シャーロットの手から回復魔法が出力され、デズモンド団長の片手を包み込んだ。

……5、6、7秒。

時間の経過とともに、デズモンド団長の手のひらに付いた傷は、見て分かるほどに少しずつ薄くなっていき、やがて完全に消えてなくなった。

よしよし、他の聖女の前で、緊張しながら呪文を唱えたにしては悪くないわ。

そう考えながらシャーロットに視線をやると、彼女はほっとしたように大きく息を吐いた。

その隣では、デズモンド団長が濡れたタオルを手に取り、傷の具合を確認するため表面の血を拭っている。

タオルの下から現れた手のひらからは、傷がきれいさっぱり消えてなくなっていた。

デズモンド団長は生真面目な表情で何度か手を握ったり開いたりした後、感心したように首を横に振る。

それから、シャーロットにお礼を言った。

「すごいな、傷はきれいに消えてなくなったし、動作も問題ない。本当に君は優秀な聖女様なんだな。ありがとう」

　すると、シャーロットは嬉しそうに頬を染めた。

「い、いえ、お役に立てたのならよかったです」

　少し離れた場所から眺めていたオルコット公爵は、興味深げにソファから立ち上がると、デズモンド団長に近付いてくる。

「デズモンド、傷があった部分を見せてもらえるかな？」

　オルコット公爵はデズモンド団長の手をじっくり眺めた後、感心した様子でシャーロットを見つめた。

「……元々の傷がどれほどのものだったかは正確に分からないが、跡形もなく傷を消せるとは大したものだね。なるほど、シャーロット聖女は有能だ」

「いえ、そんな」

　両手を前に突き出して、とんでもないとばかりに否定するシャーロットを見て、私は嬉しくなる。

　……ええ、シャーロットは有能よ。間違いなく、いい聖女になるわ。

　そんなシャーロットを労おうと、私はタルトの皿を差し出した。

　まだ1つしかタルトを食べていないので、あと2つも残っていたからだ。

「シャーロット、魔法を使ったからお腹が空いたでしょう？　特別に私のタルトを分けてあげるわね！」

私は聖女仲間としてとても有益な提案をしたというのに、なぜだかデズモンド団長は顔をしかめる。

「フィーア、お前は価値が分かっていないようだが、シャーロット聖女はすごい魔法を示したんだぞ。その対価が、お前の食いかけのタルトじゃあ割に合わないだろう！」

「えっ？」

まあ、デズモンド団長こそ私の提案の有効性が分かっていないわね！

それに、よく見てください。

お皿の上に残っているタルトのどちらにも、私はまだ手を付けていないんだから、食べかけというのは完全に言いがかりですよ。

そう声を大にして言いたかったけれど、デズモンド団長以外にも発言したかった者がいたようで、シリル団長、ファビアン、オルコット公爵が言葉を重ねてきた。

「フィーア、誰もがあなたのように常に食欲があるわけではありません。ご友人を労おうという気持ちは尊いですが、食の思考から離れるべきです」

「シャーロット聖女は優秀な聖女様だったんだ。そんな聖女様を名前呼びして、親しくしているフィーアは本当にすごいよね。フィーアの知り合いって、どうしてこう誰もが重要人物なんだろうね」

「ファビアンの言う通り、フィーアの知り合いって誰もが只者じゃないね。ふふ、僕もできれば重要人物になりたいから、その早道として、フィーアの友人にしてもらわないといけないな」

まあ、皆さん、好き勝手なことばかり言っちゃって。

そして、シャーロットのことを思いやっている私の気持ちを、誰一人理解していないわね！

そう考えながら、私は諦めのため息をついた。

……いつの日か、私の真意が伝わりますように、と未来に希望を託しながら。

いずれにせよ、私の思いやりの気持ちが伝わるのは、まだまだ先の話だろう。

デズモンド団長、シリル団長、ファビアン、オルコット公爵の４人が、独自の思考に基づき好き勝手な発言をする姿を見て、私は諦めの境地に至った。

なぜなら全員の発言内容が私の真意から遠ざかり過ぎていて、一つ一つ丁寧に説明して理解させるのは、一苦労だと思われたからだ。

いいでしょう。私は心が広い騎士ですから、酷い誤解の全てを見逃しましょう。

そう考えて、すっと彼らから視線をずらすと、強い視線でシャーロットを見つめているプリシラが視界に入った。

……あっ、もしかして自分が治癒しておけばよかったと考えているのかしら。

そうだとしたら、プリシラも立派な聖女だわ。

嬉しくなってふっと微笑むと、なぜだかプリシラから睨まれる。

「あれくらい、私だって簡単に治癒できるわ！　毎月1度、市井に出て3名の怪我人を治す取り組みを行っているけど、これまで一度だって失敗したことはないのだから」

「そうなんですね」

返事をしながら、私はプリシラの全身に目を走らせた。

さすがに一度も魔法を発動していないプリシラの能力を測ることはできないけれど、何の作為もなく選ばれた怪我人3名を毎回治癒できているのならば、彼女は優れた聖女に違いない、と考えながら。

そうよね。大聖堂が手放さずに育てた、公爵家の養女になるくらいの聖女だから、ものすごく優秀なはずだわ。

そう思い至り、嬉しくなって微笑むと、再びプリシラから睨まれる。

「あなたは赤い髪をしているのに、騎士ですって？　宝の持ち腐れじゃないの！　大聖堂の下働きにも赤い髪の娘がいたけれど、彼女も全く魔法を使えなかったわ。なのに、知ったかぶりをして、聖女のことにあれこれ口を出してくるから、ものすごく不愉快だった!!」

プリシラの言いたいことが分からなかったため、問い返す。

「ええと、つまり、私が聖女様のことを分かっていないと、プリシラ聖女はご不満なんですね？」

そこで、ぴんと閃く。

「ああ、失礼しました！　シャーロットにだけタルトを分けようとしたことが、ご不満なんですね？　タルトはちょうどあと2切れ残っていますから、シャーロットとプリシラ聖女で1切れずつ分けますね」

「なっ、何を聞いていたら、私がタルトをほしいという話になるのよ！　それじゃあ私は食いしん坊じゃないの！　違うでしょう!!」

親切に申し出たというのに、なぜだかプリシラは顔を真っ赤にして立ち上がった。

それから、足をだんだんと踏み鳴らしたため、その様子を見たオルコット公爵がぶふっと噴き出す。

プリシラは真っ赤な顔のまま、そんな公爵を恐ろしい形相で睨み付けていたけれど、公爵は気にした様子もなく、腹を抱えて笑い出した。

「あははは、プリシラ、可愛らしいね！　いつだって感情を見せずにつんけんしている君が、今日は16歳に戻っているよ。ははははは、プリシラのこんな表情を引き出すなんて、フィーアはすごいな」

「え、そうですか？」

褒められたので、嬉しくなって問い返すと、オルコット公爵ではなくプリシラが返事をする。

「ちっともすごくないわよ！　この娘があまりに頓珍漢だから、私が教えてやっているだけだわ！」

「うん、でも、どれほど頓珍漢な子がいても、これまでの君は知らない振りをして、一切関わろうとしなかったじゃないか。それなのに、フィーアのことは放っておけないのだから、彼女は君の庇護欲を刺激するのだろうね」

オルコット公爵の言葉を聞いたプリシラは、蛇蝎(だかつ)を見るような目で私を見た。

「この娘が私の庇護欲を刺激するのですって？」

それから、プリシラはソファに座り直すと、つんとそっぽを向く。

「とんでもないことですわ！　ただ、少しばかり赤い髪をしているから、勘違いをしないようにと念を押しただけです！」

まあ、私が何を勘違いするのかしら、と首を傾げていると、シリル団長が口を開いた。

「ああ、確かにフィーアは、見事な赤い髪をしていますからね。私もよく彼女の髪に見とれてしまうのです」

その言葉を聞いて、私はすかさず用心する。

シリル団長が私の髪に見とれるですって？

もちろんそのような事実は、これまで一度もない。

それなのに、団長は一体何を言い出したのかしら？

私がじとりと見つめる先で、シリル団長は邪気のない笑みを浮かべた。

「プリシラ聖女は非常に能力の高い聖女だと伺っています。もしよろしければ、そのような高位の聖女様に、聖女としての考え方をお聞かせ願えればと思っているのですが、……たとえば聖女様に仕える騎士が、フィーアのような赤髪であったとすれば、そのことをどうお感じになりますか？」

　プリシラが探るように目を細めたので、デズモンド団長が補足する。

「昔から、教会は赤い髪の者を尊重していますからね。そのため、教会や聖女様のご希望に沿う形で、代々の筆頭聖女様の下には、赤い髪の騎士を付けておりました。ただし、プリシラ聖女が目に留めたように、フィーアの髪は稀に見るほどの鮮やかさです。畏れ多いことですが、人によってはフィーアの髪を見て、神聖不可侵なる伝説の大聖女様を彷彿とさせるようです」

　プリシラはむっとしたように、片方の眉を上げた。

「その質問自体がお門違いのものでしょう。私につく騎士が赤髪だろうと、黒髪だろうと、気にもしませんわ。聖女が比べられるのは、あくまで聖女の中でだけです。それ以外の者はそもそも、比較対象ですらないのですから」

「……なるほど。貴重なご意見をありがとうございました」

　プリシラの答えは明確な意思を示していたため、シリル団長はにこやかな表情で質問を打ち切った。

　それから、シリル団長は「ああ」と、今思いついたかのように言葉を追加する。

「ところで、プリシラ聖女は最近、王都に来られたばかりだと伺っています。何かお困りのことがあれば、遠慮なくお申し付けくださいね。こちらにいるデズモンドは王都に近接する地に所領を持つローナン伯爵で、王都は庭のようなものですから」

「げふっ！」

咄嗟にむせ込んだデズモンド団長を見て、シリル団長が片方の眉を上げた。

「おやおや、デズモンド。タルトが喉に詰まりましたか？　というよりも、デザートに手が出るとは、余裕が出てきたようですね。さすが王国が誇る第二騎士団長です」

対するデズモンド団長は、引きつった顔で乾いた笑い声を上げる。

「はは、は、シリル、冗談はそれくらいにしておいてくれ。お前の威光からすれば、オレなど場末の店のロウソクのようなものだ」

目の前で謙遜大会を始めたシリル団長とデズモンド団長を前に、一体何が始まったのかしらと首を傾げる。

先ほど突然、私を騎士としてどう思うのか、と質問したかと思ったら、今度は2人で褒め合っている。

何を目指しているのか分からないけれど、私はプリシラと聖女の話がしたいんだけどな。

そう考えている間に、オルコット公爵がシャーロットに話しかけた。

「ところで、シャーロット聖女は王城勤めだよね。一度、プリシラを連れて挨拶に行こうと思っているからよろしくね」

「あっ、はい。こちらこそよろしくお願いします」

シャーロットは背筋をぴんと伸ばすと、生真面目に返事をしている。

プリシラは素知らぬ振りをして紅茶を飲んでいたけれど、仲が良さそうに話をする2人が気に入らないようで、突然、話に割り込んできた。

「ああ、そういえば公爵に尋ねたいことがあるのですけど」

「うん、何かな？」

穏やかな表情を浮かべるオルコット公爵に対し、プリシラは考えるかのように顎に手を当てる。

「あなたの部屋に飾ってある肖像画の少女はどなたです？　服装を見るに、彼女は聖女ですよね。私以外の聖女を養女に迎えた話は、これまで聞いたことがないのですが。でも、青銀色の髪だなんて、聖女としての力は弱いのじゃないかしら」

オルコット公爵はまっすぐプリシラを見つめると、質問に対して質問で返した。

「……プリシラ、僕の部屋に入ったのかい？」

プリシラは公爵を正面から見返すと、小さく頷く。

「ええ、尋ねたいことがあったので部屋を訪ねましたわ。ご不在だったのですが、その時に肖像画が目に入りましたの」

「……気付かなかったのかもしれないが、僕の部屋には泥棒除けの様々な仕掛けがしてあって危険なんだ。今後は、僕がいない時に部屋に入るのは止めた方がいい……君の安全のために」

そう口にしたオルコット公爵は、変わらず穏やかな笑みを浮かべており、口調も柔らかいものだったけれど、なぜだか警告されているような印象を受けた。

それから、公爵は温度のない笑みを浮かべると、プリシラの質問に答える。

「肖像画の少女は確かに聖女だ。しかし、養女ではなく、彼女は僕の……妹だ。10年も前に亡くなったがね」

オルコット公爵が肖像画の聖女は妹だと認めるのを聞いて、私はなるほどと納得した。

プリシラの話では、肖像画の聖女は青銀色の髪をしているとのことだったので、公爵と同じ髪色だと気付いたからだ。

オルコット公爵は亡くなった妹を偲(しの)んで、部屋に肖像画を飾っていたのだろうけれど、プリシラは公爵に妹がいることを知らなかったようで、驚いた声を上げた。

「妹？」

先ほどのオルコット公爵の態度から、これ以上この話題に踏み込まないように、との警告を受けた気持ちになった私だけれど、プリシラは違ったようで、さらに詳細な質問をし始める。

「亡くなった原因は何ですの？」

感情を読まれたくなかったのか、公爵はすっと目を伏せた。

「妹は、……しばらく体調を崩していてね」

「でも、聖女だったのでしょう？　自分で治せばよかったのに」

　プリシラが理解できないとばかりに言葉を続けた瞬間、オルコット公爵は目に見えて分かるほど真っ青になった。

　それは倒れ込むかと思うほどの顔色の悪さだったけれど、公爵は全身にぐっと力を入れて持ち直すと、冷静な声を出す……少しだけ震えてはいたけれども。

「……プリシラ、誰もが君のように力ある聖女というわけではない」

　プリシラはオルコット公爵の顔色の悪さに気付かなかったようで、公爵の言葉の内容だけに反応した。

「ああ、なるほど」

　それから、答えの内容に失望した様子を見せると、紅茶のカップに手を伸ばす。

　プリシラが明らかに興味を失い、聞きたいことは聞き終えたとばかりに口を噤むと、しんとした沈黙が部屋に落ちた。

　皆の様子を窺うと、シリル団長とデズモンド団長は無言のまま、神妙な顔をしている。

　そのため、オルコット公爵の妹の死について、何か知っているのではないだろうかと思ったけれど、たとえ知っていたとしても、必要だと思わない限り、この2人は何も話さないことが分かっていたため、ファビアンに視線を移す。

するとファビアンは上品な笑みを浮かべて私を見た。

「フィーア、君の分のタルトを聖女様にお譲りするのならば、私の分を食べてもいいからね」

「えっ？」

「実は、私は甘いものが苦手なんだ。君が食べてくれたら、私も助かるよ」

ファビアンのほんわかした発言で部屋の雰囲気が変わったため、まあ、ファビアンはすごいわねと感心する。

彼は高位貴族の嫡子だから、同じく高位貴族であるオルコット公爵家の情報は摑んでいるはずだ。

そして、公爵の態度から判断するに、彼の妹にまつわる話は楽しいものではないのだろう。

だからこそ、そのことを知っているファビアンは、この話を続けることは得策でないと判断して、とぼけた話に変更したに違いない。

むむ、ファビアンったら結構な策士じゃないの。

そう意外に思いながらも、せっかくの申し出だからと、私はありがたくタルトをいただくことにする。

私は友達の親切を無駄にしないタイプなのだ。

それなのに、――――シャーロットは素直に私からタルトを受け取ったというのに、プリシラはいらないと言い張ったので、結局、私は3個のタルトを食べることになってしまった。

美味しかったから、何の不満もないのだけれど。タルトに関しては。

一方、プリシラは何らかの理由でご機嫌を損ねたようで、それ以降は一言も口を開かなかった。

そのため、残念ながら、私はプリシラと聖女について語り合う時間を持てなかった。

……仕方がないわ。プリシラはすぐに他人と打ち解けるタイプではなさそうだから、少しずつ知り合っていくしかないようね。

そう結論付けた私は、未来に希望を託すことにする。

その後しばらく、オルコット公爵とファビアン、シャーロットと私で話をしていたけれど、シリル団長とデズモンド団長はほとんど口を開かなかった。

にもかかわらず、会話がひと段落した際に、シリル団長は満足した様子でオルコット公爵にお礼を言った。

「ロイド、歓待いただきありがとうございました。おかげで、有意義な時間を持つことができました」

そして、その言葉を合図に、公爵邸をお暇することになった。

部屋を出て、皆で廊下を歩いていたところ、さり気なく廊下の端に寄ったオルコット公爵から手招きされる。

「フィーア」

小さな声でこそりと呼ばれたので、何かしらと近付いていくと、可愛らしい包装に包まれた手荷物を渡された。

「さっき君が、美味しいと言って食べていたタルトだよ。君があまりに幸せそうだったから、1ホールをお土産用として準備したんだ」

「まあ！」

両手で抱えなければならないほど大きなホールタルトをもらった私は、びっくりして公爵を見上げる。

オルコット公爵は悪戯好きで、色々と謎めいたところがあるけれど、でも、根は親切なのだわ。

お土産をもらったからでもないけれど、私は公爵をそう評価すると、嬉しくなってにこりと微笑んだ。

「ありがとうございます、オルコット公爵！」

すると、公爵は眉を下げて苦笑する。

「これだけ特別扱いをしているのに、まだそんなに他人行儀なの？　ねえ、フィーア、どうやったら僕をロイドと呼んでもらえるのかな？」

「え？」

すごいわね。そんなどうでもいいことに、まだこだわっているなんて。

呆れる私の目の前で、公爵はしつこく食い下がってきた。

「何事も条件さえクリアすれば、願いは叶えられるべきだろう。君と友人になる条件は何かな？」

「ええと、そうですね、たとえばファビアンみたいに私の同僚になることですかね」

権力者と友人になると何かと面倒だと思った私は、実行不可能そうな事柄を挙げてみる。

すると、オルコット公爵は独自の解釈を披露した。

「なるほど。つまり、同じ目的を持って、何事かを一緒にやろうとする関係になればいいんだね」

「回りくどい表現を使いますね」

というか、公爵は賢いわね。

これであれば、必ずしも騎士団に入る必要はなく、解釈次第で条件がそろったと言い張れるじゃないの。

じとりとねめつけると、楽しそうに笑われた。

「ふふ、最大限の保険をかけているんだよ。僕が騎士になることは決してないからね」

「もちろんそうでしょうとも」

オルコット公爵は王城に出入りするくらいだから、国の要職に就いているはずだ。

それが分かっているからこそ、絶対に実現不可能そうな騎士になることを条件に挙げたのだ。

せっかく公爵と友達にならずに済む良い条件を思い付いたのに、これでは台無しだわ、とがっかりしていると、公爵は意外なことを言い出した。

「僕が騎士になることがないと言ったのは、多分、君が考えていることとは異なる理由でだよ。既に僕が文官だからではなく、ただ単純に騎士になりたくないのさ。シリルから聞かなかった？　僕が昔、騎士養成学校に通っていたって」

「えっ、知りませんでした！」

驚きの声を上げながらも、公爵がかつて騎士を目指していたという話に納得する。

なるほど。いつぞや立派な騎士である私が、公爵の腕を振りほどけなかった理由が分かったわよ。

「10年前の僕には、騎士になって守りたいものがあった。しかし、もうなくなってしまったから、騎士になることを止めたのさ。僕にとって騎士団はもはや、痛みの記憶を呼び起こす場所でしかないからね」

「そうなんですね」

直感的に、オルコット公爵が言っている『守りたかったもの』は、亡くなってしまった彼の妹のことではないかと思い至る。

公爵が『騎士になって』妹のことを守りたいと思っていたのならば、公爵の妹は王国騎士にならなければ守れないような立場にいたのだろう。

それは一体どのような立場かしら、と考えていると、公爵がふっと表情を緩めた。

「僕はね、君を奇跡の存在だと思っているんだ。鋭いし、物おじしないし、独自の発想で一足飛びに正解に辿り着ける人物だとね。だが、何よりその髪色がいい。どれほど高位の聖女様ですら持つことができない鮮やかな赤い髪をしながら、その実、聖女ではないなんて」

言葉だけを聞くと褒められているようだけれど、公爵の表情からはちっともそのような印象を受けなかった。

どういうことかしらと公爵を見つめていると、彼は面白くもなさそうに唇を歪める。

「君の存在自体が、最高に皮肉が効いている」

そう言ってほの暗く笑った公爵を見て、私は初めて気が付いた。

……ああ、公爵は心底、聖女が嫌いなのだわ。

【挿話】第二回騎士団長秘密会議

その夜、珍しいことに、王都在住の全ての騎士団長が、王城内にある高級娯楽室に集合していた。

しかしながら、さして会話が弾むことなく、はたまた、楽しそうな様子でもなく、むしろ誰もがこの娯楽室から帰りたそうな雰囲気を醸し出していた。

そんな何とも言えない雰囲気の中、ザカリーが皆の心中を代弁する質問をずばりと口にする。

「それで、公爵令嬢はどのような方だったんだ?」

対するシリルとデズモンドは顔を見合わせると、何事かを無言のまま応酬し、その結果、押し付けられた形のデズモンドが握っていたグラスをテーブルに置いた。

「ちょうどそのことを、これから説明しようと思っていたところだ。オルコット公爵家訪問について報告すると、……訪問者はオレとシリル、フィーア、ファビアン、シャーロット聖女の5名だ。対応者は、オルコット公爵ロイドと養女であるプリシラ聖女の2名だった」

話を聞いていた騎士団長たちは、「シャーロット聖女って誰だ?」とは思ったものの、口を差し挟むことなく話の続きを促す。

「プリシラ聖女の能力は測ることができなかったため未知数だ。しかし、本人は筆頭聖女に選ばれる気満々だったから、それなりの実力があると信じているのだろうな」

「聖女としての御力がどれほどのものなのか、全く分からなかったのか？」

ザカリーが確認すると、デズモンドは頷いた。

「彼女の能力について、市井の評判は悪くない。しかし、教会が煌びやかに見えるように見せ方を操作しているはずだから、そのまま信じるわけにはいかない。そのため、オレが被検体になろうとしたが、プリシラ聖女に能力を出し惜しみされて、分からず終いだった」

デズモンドの言葉に、クラリッサがびっくりしたように目を見張る。

「えっ、デズモンドが実験体になろうとしたの？」

他の団長たちも驚いた様子でデズモンドを見つめたため、彼は両手を広げると、ここぞとばかりに言い募った。

「その通りだ！　なぜならオレが紅茶を飲んでいる最中に突然、筆頭騎士団長様が風魔法を使い、オレが持っていたカップを真っ二つに割ったからな！　無情にも、怪我をして被検体になれとの指示だ！　無言の圧力に負けた哀れなオレは、手にカップを食い込ませることしかできなかったというわけだ」

芝居がかったデズモンドの態度に、シリルは呆れたような視線を送る。

「私は戦場であなたを庇い、あれ以上の傷を何度も負いました」

「存じ上げております。ありがとうございます」

シリルが淡々と口にした事実に対し、デズモンドは素直に頭を下げた。

一方、クラリッサはデズモンドの両手を取ると、怪しむかのように目を細める。

「でも、デズモンドの手のひらには傷一つないわよ。公爵邸を訪問したのは今日でしょう？　そんなに早く怪我が治るはずないわよね」

「ああ……それは、シャーロット聖女が治癒してくれたからだ」

デズモンドの答えに、皆が首を傾げる。

「「「シャーロット聖女？」」」

「ああ、フィーアの知り合いの王城勤めの聖女様だが、あの方は本物だ。シャーロット聖女はわずかな時間でオレの怪我を跡形もなく消すことができる、稀に見る能力の高い聖女様だ。実は、以前にも一度、顔を合わせたことがあって、その際にも見たことがない薬を作って、オレが苦しめられていた症状を消してくれた」

「へぇ」

「まあ、そんな親切な聖女様がいるのね！」

騎士団長たちは口々に、驚いたような呟きを零した。

デズモンドは大きく頷いた後、顔をしかめる。

「それなのに、フィーアと友達のように口をきき合うし、名前を呼び合うし、簡単に回復魔法を発動するし、全く聖女らしくない性質を持っていた。惜しいな。あと10歳年上だったら、恐らく、彼女が筆頭聖女に選ばれていただろうに」

「まあ、それは本当に惜しいわね！　でも、年齢ばっかりはどうしようもないものね」

残念がるクラリッサに対し、クェンティンは感心したような声を上げた。

「さすがはフィーア様だ！　黒竜王様といい、いつだって存在自体が疑われるような、至上の方々とお知り合いになられるとは！」

いつも通りのクェンティンの大げさな物言いに、ザカリーは顔をしかめたものの、構うことなくデズモンドに質問する。

「ところで、肝心のプリシラ聖女はどうだったんだ？」

「ああ、高位の聖女らしい聖女様だった。オレたち騎士が忠誠を誓うお相手としては、最高だと言わざるを得ないな」

デズモンドの言葉はプリシラを褒めているものの、その口調には反対の響きがあったため、ザカリーは顔をしかめた。

すると、すかさずシリルが取りなすような言葉をかける。

「ザカリー、デズモンドは女性に対して少々手厳しいところがありますから、話半分に受け取っておいてください。私が確認した限り、プリシラ聖女は正しいものを正しく扱おうとされており、感情の発露も見られましたので、いずれ素晴らしい聖女様になられるのではないかと思います」

そんなシリルを、クラリッサが呆れたように見つめた。

「いつものことだけど、デズモンドが女性に対して手厳しいように、シリルは聖女様に対して甘々よね！　恐ろしく採点が甘くなっているわ！　その他のことは何だって冷静に観察して、公平に判断するのに、聖女様にだけは別基準が存在しているかのように、必ずプラスに解釈するんだから」

シリルは思ってもみないことを言われたとばかりに目を見張ったが、すぐに手元のグラスに視線を落とす。

「……別基準ですか。言われて気付きましたが、そうかもしれませんね。なぜなら私も、サヴィス総長も、必ず聖女様と婚姻を結ばなければなりませんから。誰だって、ともに暮らす相手を悪く思いたくはないでしょう」

クラリッサは鼻の頭に皺を寄せた。

「その王家の慣習、何とかならないの？　高位貴族も同じ慣習を持っているけど、貴族家には男子と同じ割合で女子が生まれるから、聖女様の血を引き継ぎたいって婚姻理由を納得できるのよね。でも、偶然だろうけど、王族って男子しか生まれないじゃない。だから、聖女様の血の継承が目的なら、むしろ聖女様と結婚しない方がいいんじゃないかしら」

不満気に感想を漏らすクラリッサに対し、シリルは感情を読ませない笑みを浮かべる。

「ですが、私もサヴィス総長も聖女様に恋焦がれているのです」

「シリルが聖女様に恋焦がれている！」

とんでもない話を聞いたとばかりに、デズモンドがシリルの言葉を復唱した。

「サヴィス総長が聖女様に恋焦がれている！」

同じくザカリーがシリルの言葉を復唱する。

そんな2人に対し、シリルは顔をしかめた。

「お二人とも、妻も恋人もいないのですから、恋が何たるか分かっていないでしょう。茶化すのは止めてください」

反論したシリルの声がいつになく弱々しいものだったため、「お前だって妻も恋人もいないだろうが！」と言いかけた言葉を2人は飲み込む。

その隙に、クェンティンが分かったような口をきいた。

「恋愛の多くは思い込みと勘違いから始まると言うからな。シリルは自動で恋に落ちるタイプじゃないから、必死で暗示をかけているんだろう。そっとしておいてやれ」

まさかのクェンティンに恋愛話で助け船を出されたシリルは、引きつった笑みを浮かべる。

しかし、それでも言い返さないシリルを見て、他の騎士団長たちは遅ればせながら彼が弱っていることに気が付いた。

……ああ、そうだった。

サヴィス総長が筆頭聖女と婚姻を結ばなければならないように、シリルは次席聖女と婚姻を結ばなければならないのだ。

恐らく彼は、筆頭聖女の最有力候補を目にしたことで、次席聖女も似たような女性だろうと類推し、そのような相手と結婚することを想像して、落ち込んでいるのだ……本人はそのことに気付いていないのだろうが。

――――シリルは長年、聖女に理想を抱いてきた。

戦場で傷を治す御力。それがどれほど尊くありがたいものかについて、議論の余地はないだろう。

そのため、仲間思い、部下思いのシリルは、その価値を非常に重く受け止めているのだ。

加えて、準王族として、幼い頃から聖女を尊ぶ教えをこれでもかと叩き込まれてきた。

それらががんじがらめになって、シリルの聖女に対する価値観を固定化し、至上の存在と見做す思考から抜け出せないのだ。

だからこそ、クラリッサが言ったように、シリルは無意識のうちに聖女専用の基準を設けてしまっている。

そして、聖女たちのどのような言動も、「聖女様だから」と善意に解釈して受け入れるのだ。

ただし、シリル本人は嫌になるほど聡(さと)いし、洞察力も観察力も優れているから、心の奥底では聖女が至上の敬愛を捧げる相手ではないと理解しているに違いない。

だからこそ、相反した思いに苛(さいな)まれ、苦しんでいるのだろう。

普段になく弱っている様子のシリルを見て、全ての騎士団長が心の中で思った。

『シリルはいい奴だから、幸せになってもらいたい』

『が……聖女と結婚するのであれば、無理だろうな』と。

たとえばサヴィス総長のように達観してしまえば楽になるが、シリルは割り切ることができないのだ。

空気がどんよりとしたところで、雰囲気を変えるかのようにクラリッサが明るい声を上げた。

「そうやって考えてみると、サヴィス総長はすごいわよね。聖女様を憎んでいるのに、その感情を隠し切ってご結婚されるんだから。初めから何の期待もしていないから失望することはないし、何かを望むこともない。そして、憎しみの感情を生涯、相手に向けることもない。礼節を持って、穏やかに暮らしていくんだわ……表面上は」

クラリッサの言葉を聞いたデズモンドが、慌てたように両手を突き出す。

「ま、待て、待て！　クラリッサ、それはお前の想像だ!!　サヴィス総長は一度も、聖女様を憎んでいると口にされたことはないぞ!!　お前、止めとけ！　それだけは、本当に止めておけ!!」

そんな2人のやり取りを眺めていたザカリーが、どうでもよさそうに肩を竦めた。

「クラリッサはさも事実であるかのように想像を口にするが、大抵の場合、それが当たるから見逃せねぇんだよな。だが、事実であったとしても問題ないだろう」

そう言い切ったザカリーの言葉を、デズモンドが肯定する。

「もちろん問題はないさ！　オレは総長の心の内を勝手に想像することが不敬だと言っているのであって、発言内容そのものについて否定しているわけではない！　明らかに、総長にとって恋だの愛だのは優先順位が低いし、間違っても恋愛結婚をするはずはないから、総長が決められたお相手ならば何の問題もない。そもそも、総長は国が正しく機能して、騎士団の皆が元気なら、満足されるだろうしな」

それから、デズモンドは皆のグラスの中味が空になったことに気付くと、新たな酒を用意するようカウンター内にいるバーテンダーに合図をした。

その間に、ザカリーが新たな話題を提供する。

「それよりも、このままだと、オルコット公爵家から王妃が誕生するかもしれねぇな。オレにとっては、そちらの方が興味深い話だが」

ザカリーの言葉にデズモンドが同意する。

「確かに、オルコット公爵家から王妃が誕生するとしたら、10年来の悲願が実ることになるな。恐らく、国王陛下の悲願を達成させるために、ロイドはプリシラ聖女を養女にしたんだろうよ」

「まあ、デズモンド、あなただって想像でしゃべっているじゃないの！　あっ、……嫌だ！　考えてみたら、10年前のメンバーが全員揃うことになるじゃないの。うわっ、何も起こらないといいけど」

クラリッサは自分の発言内容にぞわりとした怖気を感じたようで、それを抑えるために自分の体を抱きしめた。

すると、彼女の言葉を否定する、凜とした声が即座に発せられる。

「何も起こりはしませんよ。少なくとも、悲劇が再現されることは決してありません」

はっきりと言い切ったシリルの表情に、強い意志が秘められている様子を見て、騎士団長たちは全員口を噤んだ。

……そうだった。

10年前の悲劇は様々な事柄が絡み合い、連鎖していたが、――――発端は『サザランドの嘆き』だったのだ。

だからこそ、シリルは起こった悲劇の多くを、自分の責任だと考えている。

シリルにとって不幸なことに、その気持ちは未だに変わらないようで、――――彼は強い口調で続けた。

「私がいる以上、何も起こさせません」

10年前の悲劇については、その情報の多くが公表されていない。

にもかかわらず、その場にいる騎士団長たちは全員、うっすらと事情を理解していたため、誰一人シリルに言葉を返せるはずもなく、……無言のまま深く頷いたのだった。

◇　◇　◇

その場にしんとした沈黙が落ちたため、暗くなった雰囲気を変えようと、デズモンドが努めて陽気な声を上げた。

「ああっと、そうだった！　オレは公爵邸訪問の報告をしている途中だったな！」

その発言に、同じく雰囲気を変えたかったザカリーがすかさず乗っかる。

「ああ、続きを聞かせてくれ！」

デズモンドは任せろとばかりに頷くと、報告の続きに戻った。

「それで、公爵邸でフィーアは、1人だけデザートを3個も食べたうえに、ロイドからお土産までもらっていたぞ！　……いや、これはどうでもいい話だったか」

本当にどうでもいい話だった。

皆が白けた表情でデズモンドを見ると、彼は気を取り直すかのように咳払いをして、再び口を開く。

「つまり、フィーアが近衛騎士団に入るかどうかの件だが……これについては、プリシラ聖女本人に確認した。プリシラ聖女曰く、聖女様以外は眼中にないとの答えだった。護衛に付く騎士がどのような髪色だろうと、気にもならないらしい」

「はー、なるほどな！　高位の聖女様らしい答えだな」

「ああ、だが、これで心配がなくなった」

騎士団長たちは納得したように頷き合うと、シリルを除く全員でカーティスを振り返った。

「よかったな、カーティス！　これでフィーアとお前は近衛騎士団入り確定だ!!」

皆から祝福されたカーティスは、その言葉の意味を考えるかのようにぱちぱちと瞬きをした。

「……近衛騎士団、か」

そう呟いたカーティスの胸に、様々な思いが去来する。

1つは、筆頭聖女であれば多くの聖女と交流があるだろうから、そのような環境にこそ、本来フィー様はいるべきだということ。

1つは、300年前の自分も近衛騎士団の騎士であったため、非常に感傷的な思いがせり上がってきたこと。

1つは、300年前の近衛騎士団長は、彼が主の次に敬愛すべき人物であり、我が身がその立場に就くことになって初めて、その偉大さが分かるということ。

「そうだな。身の引き締まる思いがするが……役目であれば、謹んで拝命しよう」

謙虚にそう口にするカーティスを見て、デズモンドが意外そうに片方の眉を上げた。

「素直だな。お前はもっと近衛騎士団長になることに、抵抗するかと思ったが」

カーティスはついと顔を上げると、真っすぐデズモンドを見つめる。

「聖女様が持つ回復魔法の御力は本当に特別だ。そのような特別な御力を持つ方々は、正しい道筋をお示しさえすれば、その御力を行使することに喜びを覚えるはずだ。今はその道筋を示せる者がいない、不幸な状態なだけだ」

そして、フィーアであれば、正しい道筋を示してくれるはずだと、カーティスは心の中で考えていた。

だからこそ、フィーアと彼自身が、筆頭聖女の近衛騎士団に配属されるのは正しいことだと。

聖女の未来について、堂々と明るい希望を語ったカーティスを見て、デズモンドはすごいなと素直に感心する。

「カーティス、お前はシリル以上に聖女様に夢を見るタイプだったんだな！　しかも、ピュアときたもんだ。よし、お前の夢は絶対に叶わないだろうが、オレはお前を応援するぞ!!」

それから、デズモンドはシリルを振り返った。

「良かったな、シリル！　お前のお仲間が見つかったぞ」

シリルは唇を歪めるように笑みの形を作ったけれど、デズモンドの発言にコメントすることはなかった。

代わりに、カウンターの上を指し示す。

「あなた方のために、特別なお酒を用意させました」

騎士団長たちが顔を向けると、カウンターの上には、色目のいいお酒が注がれた果実入りのグラスが並べてあった。

普段使わない底の浅いグラスが使用されていることに違和感を覚えたデズモンドが、訝しむようにシリルを見やる。

「この酒がどう特別なんだ」

するとシリルは意味ありげに微笑んだ。

「昨日の会議で私は言いましたよね。魔人出現の説明を行い、魔人入りの箱を収納するために、大聖堂に騎士団長を派遣すると。そして、そのことについて、明日……つまり、今日ですね、担当してもらう騎士団長に直接相談すると」

「「「……言ったな」」」

正しくその場面を思い出した騎士団長たちは、全員ぴんと背筋を伸ばした。

……なるほど。

今から、大聖堂行きを任じられる騎士団長が発表されるらしい。

ただし、シリルは「相談」という単語を使用したので、発表前に交渉の余地があるはずだ。

つまり、これから先は駆け引きの時間なのだろう。

さて、どういった態度で臨むべきか、とそう騎士団長たちが考えを巡らせていたところ……

「オレは大聖堂になど行きたくないが、現筆頭聖女様である王太后陛下を迎えに行くくらいならば、喜んで大聖堂に行く!」

クェンティンが馬鹿正直に、思っていることを口にした。

あっ、こんな感じでいいんだな。

身構えていた騎士団長たちは、一気に気が楽になる。

そして、同じように力が抜けた騎士団長の１人であったザカリーも、自分の意志を表明した。

「我が第六騎士団はなぜか、男性騎士の割合が異常に高い。そのせいで、オレは女性の機微というものを、一切理解できていねぇ。一方、王太后陛下は女性ばかりの離宮で長年暮らされ、筆頭聖女として数多の聖女様方を取り仕切ってこられた方だ。そのような繊細な方の言わんとすることを、オレのような無骨者が理解できるとはとても思えねぇ。王太后陛下に粗相があってはならないことだし、オレが行くのは止めた方がいいな」

ザカリーはクェンティンよりも婉曲に、しかし、同じ意味のことを口にした。

つまり、『王太后を迎えに行く役はご免だ！』ということを。

どうやら騎士団長たちは、大聖堂行きよりも、王太后のお迎えについての意思を表明したがっているようだ。

しかし、シリルは2人の訴えに返事をすることなく、説明の続きに戻る。

「現在、この部屋にいる者は7名です。しかし、私は王都を離れるわけにはいきません。そして、カーティスも近衛騎士団の編成業務で忙しいでしょう」

デズモンドはカウンター！に並べられたグラスが5個であることに早々に気付いていたため、このグラスを使って、シリルとカーティスを除いた5人の中から対応者を決めるのだなとピンとくる。

そのため、7名を5名に減らせたのであれば、5名を4名に減らすこともできるはずだと考え、必死な様子で片手を上げた。

「オレ！　オレも絶対に王都に必要だ！　新たな筆頭聖女様の選定が行われるうえ、王太后陛下の迎え入れもあるし、普段よりも多くの人が王都に集まるのは間違いないからな。王城を普段以上に警備する必要がある！」

デズモンドは自分の業務にかこつけて、王城警備業務の責任者は絶対に王都を離れられないと主張した。

「あら、だったら、同じように私も、王都を警備する必要があるわよ！」

同様に、クラリッサが王都警備の責任者も王都を外せないと主張する。

すると、それまで一言も口をきかなかったイーノックが、満を持して口を開いた。

「オレはその気になれば、一月だって誰とも口をきかないで暮らせるぞ。こんなオレに、大聖堂や王太后陛下の対応ができるはずもない」

しかし、それはよく分からない脅しの言葉だった。

そのため、そんな言葉を吐く前に、人並みの社交性を身に付けるよう努力をしろ、と他の騎士団長たちは心の中で思った。

一方、シリルは全員の言い分を聞き終えた後、ほっとため息を洩らす。

「……分かりました」

一体何が分かったのだろうと、皆がシリルを見つめる中、彼は困った様子で小さく首を振った。

「皆さんが等しく重要で、私ごときにその割り振りをどうにもできるはずがないことを」

つまり、誰の言葉もシリルには響かず、彼は思い通りに事を進めるつもりらしい、と騎士団長たちはシリルの心情を正確に理解する。

全員が予想した通り、シリルはすらすらと言葉を続けた。

「では、王国が誇る有能なる5名の騎士団長……デズモンド、クラリッサ、イーノック、クェンティン、ザカリーのうち2名は大聖堂に向かい、3名は王太后陛下をお迎えに行ってもらうことにしましょう。この件にかかる騎士団長の選定は、サヴィス総長から私に一任されています。しかし、私にはとても選ぶことができそうにありませんので、ご自分たちで選び取ってもらうことにしましょう」

シリルが言い終わると同時に、ウェイターたちが静かに、カウンターに並べられていたグラスをシリルの前のテーブルに並び替える。

すると、シリルは優雅な手つきで、それらのグラスを指し示した。

「さあ、お好きなグラスをお選びください。それぞれのグラスには異なる果実を入れてあります。種なしの果実が入ったグラスを選んだ者は大聖堂行きの、種入りの果実が入ったグラスを選んだ者は王太后陛下のお迎え業務を依頼することにしましょう。ああ、ちなみにそれぞれの業務時期をずらしますので、王都から同時期に5名の騎士団長が抜けることはありません」

5人の騎士団長は席から立ち上がると、真剣な表情で5つのグラスを見つめた。

しかし、準備したのは用意周到なシリル第一騎士団長だ。

もちろん、見て分かるはずもない。

「シリルの準備した方法は平等だから、恨みっこなしだな」

ザカリーはそう言うと、1つのグラスを摑んだ。

「王太后陛下のお迎えに、大聖堂行きよりも多い人数をあてようとするところが、きちんと点数取りができるシリルらしい、抜け目がないところよね！」

不満気に漏らしながら、クラリッサが1つのグラスを摑む。

「頼む、頼む！　オレは世のため、人のために尽くしてきた！　もうそろそろオレを、苦労の多い職務から解放してくれ！」

これまでの苦労を訴えながら、デズモンドが1つのグラスを摑んだ。

「デズモンド、これはただの運試しだ。お前のこれまでの行動は、この結果に一切関係してこない」

至極冷静にデズモンドを諭すと、クェンティンが1つのグラスを摑む。

「オレは先人の含蓄ある言葉を信じることにする。『残り物には福がある』だ。この言葉は絶対に間違いない……はずだ、そのはずだ」

祈るように頭を下げながら、イーノックが最後のグラスを手に取った。

シリルは自分のグラスを手に取ると、皆のグラスに合わせる。

「天と地の全ては、ナーヴ王国黒竜騎士団とともに！」

同じように、カーティスを含む残りの全員が唱和した。

「「「天と地の全ては、ナーヴ王国黒竜騎士団とともに！」」」

それから、全員が一気にグラスをあおると……しばらくして、がりっ、がりっ、がりりっと種を噛む音が、しんとした部屋の中に３つ響いた。

46 第一騎士団配属の理由

オルコット公爵家を訪問した翌週、私は朝の訓練終了後にファビアンに話しかけた。

「ファビアン、久しぶりね！　先日の公爵家訪問だけど、珍しいメンバーでの訪問だったから緊張しなかった？　私は緊張していたみたいで、訪問日の夜にお腹が痛くなって、なかなか眠れなかったわ」

それなのに、一緒に公爵家を訪問したシリル団長とデズモンド団長は、他の団長たちとその日の夜更けまで飲んでいたみたいだからタフよねーと続けると、小首を傾げられた。

「フィーアの腹痛は、緊張とはまた別の話じゃないかな。君はオルコット公爵からもらったタルトの半分を、その日の夜に食べたと言っていたよね。そして、その晩、食堂の晩御飯を完食していたよね。あの大量の晩御飯を食べたうえに、さらにタルトをハーフホールも食べたのなら、食べ過ぎたって話じゃないの？」

ファビアンの指摘に、私はびっくりして目を見開いた。

まあ、ファビアンったら、私のことをよく見ているわね。

そして、推理力も優れているわ。

「そう言われれば、そんな気もしてきたわね。自分では公爵邸で緊張していて腹痛になったと思っていたけど、食べ過ぎだったのかしら？」

「私の印象では、フィーアは公爵邸で全く緊張していなかったと思うよ」

「そ、そう？　ええと、そうだとしたら、つまり、色々あって眠れなかったという話よ」

おかしいわ。ファビアンの方が私のことに詳しいって、どうなっているのかしら。

話題を変えた方がいいようねと思ったため、ここ1週間の間、ずっと浮かんでいた疑問を尋ねることにする。

「ところで、その公爵邸訪問だけど、シリル団長とデズモンド団長が2人揃って訪問した理由が分かる？　大事な話でもあるのかしらと思ったけれど、2人ともそんな様子じゃなかったし、理由が分からないのよね」

ファビアンはおかしそうにふふふっと笑った。

「フィーアと少しでも一緒にいたかったんじゃないの？　君がオルコット公爵と仲良くなり過ぎないように、見張られていたのかもね」

「ファビアン、信じていることだけを口にしてちょうだい！」

私はファビアンをじろりと睨み付ける。

「そんな風に誤魔化そうとするってことは、何か知っているわね。これは私の勘だけど、公爵は聖女様がお嫌いだと思うのよ。その理由が分かる?」

　私の言葉を聞いたファビアンは、驚いたように目を見張った。

「フィーアはすごいね。あんな短時間の訪問で、しかも、いつだって飄々として心の内を覗かせないオルコット公爵の心の内を言い当てるなんて、大したものだ」

「まあ、やっぱりファビアンは何か知っているのね!」

　いつだって気安く接してくれるけれど、彼は高位貴族の嫡子なのだ。

　同じく高位貴族であるオルコット公爵の情報を色々と掴んでいることは間違いないだろう。

　そう思って詰め寄ると、ファビアンは困った様子で両手を上げた。

「私が知っていることは全て、推測の域を出ない話なんだよ。恐らく、公爵が気にされているのは10年前の事件だろう。だが、その件に関しては、当事者全員が口を噤んでいるうえ、関係者の全員が聞き取りをすることもはばかられるような高位の方々ばかりだから、ろくな検証もできずに終わっているんだ」

　ファビアンは一旦言葉を切ると、言い聞かせるように続ける。

「確証がない話をするのは、ただの噂話と変わらない。だから、好きではないんだよ」

「うん、それで?」

　こくこくと頷きながら続きを促すと、ファビアンは呆れたように天を仰いだ後、諦めて口を開いた。

「うん、それで、……オルコット公爵には妹さんがいらっしゃったんだよ。コレット様といって、公爵より1つ年下の聖女様だった。コレット様は10年前に亡くなられたけど、その場に他の聖女様が居合わせていたから、……やり方によっては、コレット様を助けられたのではないかと公爵は考えているみたいでね」

「ああ……」

「ほら、聖女様方の中には、できるだけ魔力を温存しようと考えていて、お役目以外では回復魔法を使用しない方もいらっしゃるって話だったよね。だから、魔力を出し惜しみしなかったら、コレット様は助かったのに、と公爵は考えたんだよ。そして、その悪感情が聖女様全般に向かったまま、今に至っているんじゃないかな」

「まあ、それはお気の毒な話ね」

私は当時のオルコット公爵の気持ちを想像して、悲しい気分になる。

そして、公爵の気持ちを少しだけ理解したように思った。

――聖女の回復魔法は、怪我や病気を跡形もなく治してしまうため、その力は奇跡そのものに見えるだろう。

だから、つい聖女は何でもできるのだと錯覚してしまうけれど、もちろん万能ではないし、できないこともあるのだ。

たとえば私がどうしてもセルリアンにかけられた呪いを解けないように、聖女によっては、大きな怪我や病気を治すことができない者もいる。

特に、死に至るほどの大きな怪我や病気ならば、回復魔法が劣化した現在では、治癒できる聖女は数えるほどしかいないのではないだろうか。

そう考えた私は、しゅんとして言葉を続けた。

「その場にいたわけではないから、はっきりしたことは言えないけれど、でも、聖女様が全ての怪我や病気を治せるわけではないわ」

だから、その場にいたという聖女は、全力を尽くしたけれど、どうにもならなかったのかもしれない。

だとしたら、「なぜできなかった！」と責められるのは、聖女として辛いことだろう。

一方で、オルコット公爵が『もっと何かできたはずだ』と思う気持ちもよく分かるのだ。

難しい顔をして黙り込むと、ファビアンは取りなすための言葉を続けた。

「うん、そうだね。実際に何が起こったかは、当人たちじゃないと分からないし、人によってとらえ方は異なるから、それぞれ言い分も異なるのかもしれない。オルコット公爵とコレット様は仲が良かったから、公爵はコレット様の死を直視するのが辛くて、誰かのせいにしたいのかもしれないな」

「……そっか」

でも、オルコット公爵は賢そうだし、現実が辛いものだとしても、真っすぐ真実を見つめるタイプだと思ったんだけどな。

そう考えていると、ファビアンがもう1つの疑問に答えてくれた。

「それから、シリル団長とデズモンド団長が公爵家を訪問した理由だけど、プリシラ聖女を見極めようとしたんじゃないかな」

「え、何を見極めるの？」

「もうすぐ筆頭聖女の選び直しの時期だからね。そして、プリシラ聖女はその最有力候補だから、どのような方なのかを確認されたかったのだろう」

まあ、プリシラは力の強い聖女なのね。

あれ、でも、選び直しということは、現在の筆頭聖女は別の方ってことよね。

「現在の筆頭聖女はどなたなの？」

小首を傾げて尋ねると、ファビアンから呆れたような表情を向けられる。

「それはもちろん、イアサント王太后陛下だよ。国王陛下とサヴィス総長のご母堂様だ」

「えっ、そ、そうなのね！」

そう言えば、王族は聖女と結婚するって話だったわ。

まあ、セルリアンとサヴィス総長のお母様は聖女だったのね！

驚く私とは対照的に、ファビアンは夢見るような表情を浮かべた。

「『ナーヴ王国にこの癒しの花あり』と、世界中の吟遊詩人から歌われている、誰からも慕われている我が国が誇る聖女様だよ。お美しく、お優しく、その癒しの力で全てを治癒されるとのことだ」

なるほど、国王はひねくれ過ぎていてよく分からないけど……

「サヴィス総長は高潔でご立派だものね！　どんな風に育てられたらああなるのかしら、と常々思っていたけれど、なるほど、答えは『癒しの花』だったのね！」

というか、その呼称はいいわね。

私にも、そんな素敵な呼称はないものかしら。

心の中でそう思っただけだというのに、ファビアンはまるで私の考えを読んだかのように、そういえばと口にした。

「フィーアにも立派な二つ名があったよね。『ぽっこり救世主』だなんて、『癒しの花』よりもすごいことができそうだね」

「ファビアン！」

完全に馬鹿にされていることを理解した私は、むううっと彼を睨み付ける。

すると、彼は楽しそうな笑い声を上げた。

「ごめん、ごめん。でも、同僚から『救世主』ってあだ名を付けられるフィーアのことをすごいと思うのは本当だよ。遠い場所にいらっしゃる『癒しの花』よりも、フィーアの方が何かと救うことができるのじゃないかな？」

それから、ファビアンは悪戯っぽい表情で私を見つめてきた。

「いずれにしても、新しい『癒しの花』のお近くに仕えることができるかもしれないよ。私もフィーアもね」

「え？」

どういうこと、と首を傾げる私に対して、ファビアンは苦笑する。

「本当にフィーアは、興味があることと、ないことの落差が激しいよね。10年以上の騎士経験がある者しか配属されない第一騎士団に、私と君が配属された理由を考えたことはないの？」

「それはもちろん、入団試験の成績が良かったからでしょ！」

それ以外何もないじゃないの、と胸を張って答えを返すと、ファビアンは驚いたように瞬きをした。

「……なるほど、そうきたか。だけど、10年分の騎士としての経験を埋めるほどの好成績ってどれほどのものだろうね。それを収めることができたと考えるフィーアは、本当にすごいよね」

◇　◇　◇

私はびっくりしてファビアンを見つめた。

……そう言われてみれば、入団試験はそれほど良いできじゃなかったかもしれない。

特に最終試験では、アルディオ兄さんに麻痺異常をかけた後、動けない兄さんを3分間眺めていただけだった。

試験官が立ち尽くす私を高評価したとは考えにくいし、あれ、どうして私は自分の成績が良かったと思い込んでいたのかしら？

「ファビアン、私は入団試験の成績が良かったと思い込んでいたけれど、よく考えたら、10年分の騎士経験に匹敵するほどではなかったかもしれないわ」

今さらながらそのことに思い至り、首を横に振りながら同期を見つめると、ファビアンは分かっていたという様子で頷いた。

「うん、そうだと思ったよ。そして、もちろん私もそんなすごい成績は取れなかったから、第一騎士団に配属された理由は別にあるのだろうね」

さらりと同調してきたファビアンを見て、首を捻る。

んんん、誰かがファビアンの入団試験の結果は、数年ぶりの満点だったと言っていたわよ。

しかも、その際に、ファビアンは騎士養成学校も首席卒業だったたって聞いたのよね。

わぁ、1位の人って、実際にどこかに存在するんだ！　って驚いたもの。

その1位の人は……わぁ、隣にいたぁ！

「フィーア、ころころと表情を変えて楽しそうだね。私にも君の頭の中身を共有してもらえないかな？」

にこやかに尋ねてくるファビアンに、私は逆に問いかける。

「ファビアンは入団試験で、1位合格だったって聞いたわよ。だから、ファビアンが第一騎士団に配属された理由は、成績じゃないかしら？」

するど、知っていたんだねとばかりに、ファビアンは肩を竦めた。

「……恐らく、私はそうだろうね。フィーアと比べると、何ともつまらない理由だよね」

「え、いや、つまらない話ではなくて、すごい話でしょう！　それこそ、10年分の騎士経験に匹敵するほどの好成績なんだから」

勢い込んで言うと、おかしそうに笑われる。

「ふふふ、そんな成績なんて、あるはずないよ。私は問題のない成績のうえ、家柄的にも信頼が置けるものだったから、適任だと思われたんだろうね……君のお目付け役として」

「お、お目付け役？」

「そう。恐らく元々は、新人の中からフィーア一人だけを第一騎士団に配属すると、君が心細いだろうからとの配慮から、同じく新人の中で一番問題がなさそうな私を併せて配属したのだろうね。だが、入団してからのフィーアを見ている限り、君は心細いって感覚を持ち合わせていないよね。むしろ、好き勝手に行動して、次々に問題を起こしているよね。だから、お目付け役が適当かなと思って」

何だか酷いことを言われた気がする。

そのため、じろりとファビアンを睨むと、「そうだね、フィーアが起こすトラブルをちっとも防げていないから、私はお目付け役として機能していないね」と返された。

違う、私が言いたかったことはそうじゃない。

けれど、私の心の声が聞こえないファビアンは、つらつらと説明を続けた。

「先日、オルコット公爵邸でデズモンド団長が言っていたように、教会は赤い髪の者を尊ばれるんだよ。だから、高位の聖女様の周りには、いつだって赤い髪の者を配置したがるんだ。今回、フィーアが異例の配属をされたのは、君のその滅多にないほどの赤い髪が理由だと思うよ。それから、年齢がお仕えする高位の聖女様に近いことかな」

「私がお仕えする高位の聖女様？」

ファビアンは一体何の話をしているのかしら、と大きく首を傾げる。

すると、ファビアンは丁寧に説明してくれた。

「そう、とある高位の聖女様の警護担当が、近々、必要になるんだよ。そのため、鮮やかな赤い髪を持つフィーアが選ばれたんだと思う。気付いていないかもしれないけど、能力的に問題がなさそうな、赤い髪をしている騎士がたくさん第一騎士団に集められているよ。けれど、彼らのうちの誰一人だって、君ほど赤い髪はしていない」

「えっ、そうなのね」

同じように過ごしているのに、ファビアンはいつそんなことを観察しているのかしら。

びっくりして目を丸くすると、ファビアンはおかしそうに微笑んだ。

「そうだよ。だから、このままでいけば君と、そして私が、その聖女様の警護担当に選ばれるはずだ。もちろん、私たち以外にも、赤髪の者を中心に多くの者が選ばれるだろうけどね」

「そうなのね。ところで、その警護対象はどなたなのかしら？」

高位の聖女様って条件だけじゃ、範囲が広過ぎて特定できないわと思って尋ねると、ファビアンは呆れたようにぐるりと目を回した。

「これまでの私の説明から想像がつくかと思ったけど、……もちろん、新しく選ばれる筆頭聖女だよ」

「ああ、なるほど！」

そうだったわ。新たな筆頭聖女が選び直される、と教えてもらったんだったわ。

「プリシラ聖女が筆頭聖女の最有力候補って話だったわよね。ああ、だから、事前にシリル団長とデズモンド団長が、警護対象者を確認に行ったのね！」

なるほど、だからこそお忙しい2人の団長が、わざわざオルコット公爵邸を訪問したんだわ。

『2人はプリシラ聖女を見極めに行った』とファビアンが言った意味が、やっと分かったわよ！

「ふふふ、どなたが筆頭聖女に選ばれるにしろ、その警護を担当できるなんて楽しみね！　ところで、警護が必要になるということは、どこか危険な場所をご訪問されるのかしら？」

純粋に疑問に思って尋ねると、ファビアンは困ったように眉を下げた。

「うん、まぁ、フィーアは分かってないとは思ったけどね」

「え、何を？」

きょとんとして問い返すと、ファビアンから苦笑される。

「我々は、第一騎士団だよ。王族の警護しかしない。まれに外国の要人警護を引き受けることはあるけれど、その対象も基本的に外国の王族・皇族に限られる」

「うん？　でも、現在、王族の方って国王陛下と総長のお二人しかいないんでしょ？　あれ、でも、お二方のお母様はご存命だって話だったわよね。王太后陛下も王族じゃないの？」

ぴんと閃いて尋ねると、ファビアンは頷いた。

「そう、王太后陛下は王族と同列に位置する方だ。同様に、筆頭聖女も王族に並び立つ方になられるのだと思うよ」

それから、ファビアンは言葉を選ぶ様子で、慎重に口を開く。

「サヴィス総長は27歳で独身だ。通常、男性貴族の適齢期は18歳から25歳とされているから、他の方々より遅れる形となっている。しかも、総長の身分は王弟殿下で、王位継承権第一位だ。王族の一番大事な務めは世継ぎを残すことだから、適齢期を過ぎたのに独身というのは、尋常じゃないと言わざるを得ない」

「はっ！　も、もしかして、身分違いの恋人がいらっしゃるとか！」

私は突然ひらめいて、ファビアンに考えを披露したけれど、あっさりと却下される。

「うん、非常に乙女的な考えではあるが、違うと思うよ。多分、サヴィス総長はプリシラ聖女が大人になるのを待っていたんだ。代々の国王陛下は、その時代で最も力のある聖女をお妃にされるし、プリシラ聖女は10年以上も前に、その類まれな能力を見出されていたからね」

「あっ、そうなのね」

なるほど、10年間も一人の女性を待ち続けていた、というのもいい話じゃないの。

うんうんと頷いていると、ファビアンが何か言いたそうな表情をしたけれど、思い直したようで説明の続きに戻った。

「来年にはプリシラ聖女も17歳になられて、ご結婚できる年齢になられる。だから、彼女が筆頭聖女に選ばれたならば、速やかにプリシラ聖女を王城に招き入れて、サヴィス総長とご婚約なさるのじゃないかな。そして、その際には、新たな筆頭聖女専用の近衛騎士団が結成されて、フィーアと私がその団員に選ばれるのだと思う」

ファビアンの話を聞き終えた私は、不思議に思って首を傾げる。

「え、『来年にはプリシラ聖女も17歳になられて、ご結婚できる年齢になられる』って、どういうことかしら？　女性は17歳にならないと結婚できないわけではないでしょ？　王族とか貴族の方々って、もっと幼いころに結婚する人も多いわよね」

すると、ファビアンは「ああ」と言いながら補足してくれた。

「これは聖女様側のルールなんだよ。聖女様は17歳を過ぎないと、結婚することができないんだ。

理由は分からないけど、３００年前に決められたらしい」

そう言えば、以前、シリル団長のお母様の話を聞いた時にも、同じ話が出たんだったわ。

その際、『聖女様は17歳にならないと結婚できない』と、シリル団長が言っていたのだ。

だけど、前世で私が聖女だった時には、そんなルールはなかったわよ。

３００年前に決められたのならば、前世の私が死んだ直後くらいにできたのかしら。

「教えてくれてありがとう、ファビアン。言われて思い出したけど、シリル団長からも同じ話を聞いたんだったわ。でも、新たな筆頭聖女専用の近衛騎士団が結成されるなんて、大掛かりな話ね！」

そして、その一員に選ばれるなんて、責任重大だわ！

私はぎゅっと両手で握りこぶしを作って気合を入れると、ファビアンを仰ぎ見た。

「いずれにせよ、総長がご結婚されるのはおめでたい話よね！」

なぜなら我が騎士団の騎士団長たちは、超高給取りであるにもかかわらず、全員が独身だからだ。

そして、その団長たちを司るサヴィス総長も独身だったため、「対象者の多くが、金と整った顔面と地位を持っているのに、全員が独身だなんて、騎士団長以上には結婚できない呪いがかかっている！」と、飲み会の席では必ずといっていいほど話題に上っていたのだ。

まあ、とうとう総長がその呪いをとかれるのだわ！

そう嬉しくなって笑みを浮かべると、ファビアンも大きく頷いた。

「うん、おめでたい話だ。だが、サヴィス総長は女性に大人気だから、この話を聞いた王国中の女性が涙を流すんじゃないかな。そして、それ以上の量の涙を、騎士たちが流すんじゃないかな」

それは、分かる気がするわ。

多分、総長を一番愛しているのは、騎士団の騎士たちだ。

彼らの暑苦しくて、重苦しい愛を想像し、私が総長なら嬉しくないなと思う。

「うん、まあ、男泣きに泣く騎士たちが続出するでしょうね！」

そんな暑苦しい場面に巻き込まれるなんてごめんだわ。よし、総長の結婚前後の期間はできるだけ騎士たちに近付かないでおこう！

賢い私は、そう決心したのだった。

47 道化師の弟子

サヴィス総長がご結婚されるとしたら、おめでたいことこのうえない話だ。

そうであれば、祝福する気持ちを正しく表さないといけないのじゃないかしら、と私は突然、気が付いた。

「そうだわ！　もしかしたら私の出番じゃないの!?」

ぴーんとひらめいて、両手を合わせて考え込む。

そもそも、いつだって、仲間の騎士たちを楽しませる余興役は、若者に回ってくるものなのだ。

そして、私は15歳。

10年以上の経験者が配属される第一騎士団の中で、ぶっちぎりで若いのだから、私の出番に違いない。

私は少し考えを巡らせた後、ぽんと手を打ち合わせた。

そんな私を見て、ファビアンが恐る恐る質問してくる。

「フィーア、君が何を思い付いたか聞いてもいいかな？」

私は意気揚々とファビアンを仰ぎ見た。

「もちろんよ！　ファビアン、私はすごくいいことを思い付いたわ！　サヴィス総長がご結婚されるなんて、このうえなくおめでたいことよね！　そして、総長のことだから、騎士団で祝いの席を設けられ、騎士たちと喜びを分かち合おうとされるわよね」

「そうだね」

「そんな祝いの席だから、総長を喜ばせる出し物がいくつか披露されるわよね」

「そうだね」

「さらに、そういう出し物は、若い騎士が率先して行うべきよね。だから、私が全力でお祝いの気持ちを総長にお示ししようと思ったの！」

「……そうなんだ」

それまで納得した様子で肯定していたファビアンが、初めて戸惑った様子を見せる。

「そうよ！　だから、ほら、国王面談の時に道化師が3人いたでしょう？　あの3人に弟子入りしようと思い付いたの!!」

「…………それは、どうなんだろう」

ファビアンははっきりと難色を示した。

「フィーアには悪いけど、ちっともいい考えに思えないな。それどころか、絶対にやめた方がいい気持ちになってくるけど」

ファビアンの気弱な態度を見て、私は積極的に誘いかけることにする。

「まあ、私はファビアンも一緒にどうかと思っているんだけど」

すると、ファビアンはぎょっとした様子で顎を引いた。

「えっ！　ああ、うん、それはもちろん、非常に光栄なお誘いではあるけど、ほら……サヴィス総長と入団式でお手合わせをしたのはフィーアじゃないか。だから、総長は特別君に思い入れがあるんじゃないかな。そんな君からお祝いされたら、総長の気分が盛り上がるはずだ。私が入ることで、君の立場が『複数の中の1人』になってしまい、薄まるのはもったいないよ。だから、私は今回の弟子入りを見合わせるよ！」

ファビアンは一気にそう続けると、突然用事を思い出したと言って、足早に去って行ってしまった。

その後ろ姿を、私は呆れた思いで見つめる。

まあ、ファビアンはお祝いの気持ちが不足しているようね！

あの3人は一流の道化師だから、芸を教えてもらうことができれば、今回のことだけでなく、今後の役に立つと思うんだけどな。

そう考えながら、私はにまりと笑う。

「ふっふっふ、私はそんな彼らから、仲間にならないかとスカウトされかけたのよね！　つまり、私には人を楽しませる素質があるに違いないわ!!」

私は表情を改めると、まっすぐ国王の執務室に向かったのだった。

――――実を言うと、国王面談から10日ほどしか経過していないにもかかわらず、セルリアンから何度も面会の要請を受けていた。

面倒そうなので、何かと理由を付けては断っていたのだけれど、ちょうどいい機会だわ、とご機嫌伺いを兼ねて訪問することにする。

国王の執務室前に行くと、警備をしている顔なじみの騎士たちから声を掛けられた。

「よう、フィーアじゃないか！　ははっ、聞いたぞ！　お前が道化師から気に入られたって話は。そのため、お前が来たら、いつだって陛下の執務室に通すようにと言われている――――道化師から！」

「ああ、国王面談で、国王陛下と道化師をものすごく楽しませたらしいじゃないか！　お前、道化師に『陛下』と呼びかけたんだってな！　それが最高にウィットが効いているとか何とかで、道化師がお前に傾倒したらしいな」

「あの場に警護で居合わせた騎士たちは、『フィーアは何をやっているんだ！』と、初めは呆れたらしいが、今思えば、お前は上手くやったよ！」

……ひどい。いつの間にか、よく分からないストーリーができあがっている。

私は引きつった笑みを浮かべると、通されるままに執務室に入っていった。

部屋の中にいたのは、セルリアンとドリーの2人だけだったので、ロンは王にくっついて、どこかに行っているのだろう。

セルリアンは王の執務机に向かい、何事かを書きつけているところだったけれど、顔を上げて私を見ると、皮肉気な表情を浮かべた。

「おやおや、これはお忙しいフィーアじゃないか！　再三、再四、僕の呼び出しを『忙しい』の一言で断わるなんて、いい度胸をしているよね」

私は片手を口元に当てると、上品な笑い声を零す。

「ほほほ、遊び人の道化師の誘いを断って、何が悪いのかしら」

セルリアンはペンを放り投げると、呆れた様子で頬杖を突いた。

「……ほんと、そういう態度でよくも僕を『敬愛する主君』なんて呼べたよね。はあ、でも、ギリギリのタイミングだったよ。昼まで待っても君が来ないんだったら、僕専属の護衛騎士にするよう、ローレンスに言いつけようかと思っていたところだったから」

「まあ、なんて王様的なの！」

あまりの暴君的なセリフに驚きの声を上げると、その通りだと返される。

「王様だからね」

もちろん、そうだけど。

でも、セルリアンは道化師で通す、と言っていたわよね。

そのことを思い出した私は、今後も下手に権力を乱用されないようにと釘を刺しておく。

「まあ、おかしなことを言わないでちょうだい！　セルリアンは道化師でしょ」

「……フィーアは本当に優秀だな」

その口調はちっとも褒めているように思われなかったけれど、額面通りに受け取って返事をする。

「だったら、優秀な私に色々と教えてくれないかしら？」

「どういうこと？」

用心深そうな表情で尋ねてくるセルリアンに、私は勢い込んで頼みごとを口にした。

「道化師に弟子入りしたいの!!」

すると、セルリアンは鼻の頭に皺を寄せる。

「弟子入りって、謙虚だね。僕はこの間言ったよね。『フィーアがサヴィスやシリルのお気に入りの騎士でなければ、道化師にスカウトするところなのに』って。むしろ仲間にならないか、って誘いたいところだけど」

「いいえ、仲間になるのは荷が重いので、弟子の立場でお願いします！」

全力で辞退すると、セルリアンはちらりとドリーを見た。

すると、ドリーはにまりと笑いながら立ち上がり、隣の部屋に入っていく。

セルリアンはその姿を目の端に捉えながら、何でもないことのように言葉を紡いだ。

「ふうん、どちらにしろ、丁度よかったよ。ドリーがフィーアのことをすごく気に入っていて、君の衣装作りに取り掛かっていたからね。あいつは仕事が早いから、もしかしたらもう、できているかもしれないぞ」

そう続けるセルリアンを、私はぎょっとして見つめる。

「えっ、い、いつの間にそんな勝手なことを！　まさか私まで道化師の格好をしなければいけないわけじゃないわよね!?」

うら若き15歳の乙女が道化師の格好をするなんて、絶対に嫌だ。

すると、セルリアンは楽しそうに目を細めた。

「実際に衣装を着てみたら、考えが変わるかもしれないよ。何たって、着用するだけで全ての立場から解放され、なーんの責任もなくなるんだからね。ま、いずれにしても、君の衣装は道化師っぽくはないかもしれないな。衣装全般をドリーが担当しているんだが、あいつのイメージでは、フィーアは道化師でないらしいからね」

「それは、素晴らしい観察眼だわ！」

道化師の格好はしたくないと思っていたため、そのことを回避させてくれたドリーの洞察力の鋭さを全面的に褒め称える。

すると、隣室から戻ってきた本人が嬉しそうな声を上げた。

「まあ、褒めてもらえて嬉しいわ！　多分、あたしたちって分かり合えると思うのよね。そんなあたしが全力で作ったフィーアの衣装がこちらよ!!」

そう言うと、ドリーは手に持っていたド派手な衣装を差し出してきた。

「へ？　そ、それはまさか……」

言いかけた言葉が途中で止まる。

なぜならドリーから差し出されたのは、びらびらの赤と白のドレスで、可愛くはあるけれど、でも、これは……

「んっふっふ、そう、聖女の衣装よー。フィーアの赤い髪は、聖女垂涎の代物でしょ。これで聖女の役をしないなんて、ありえないわよー。どれほど高位の聖女様ですら持つことができない鮮やかな赤い髪をしながら、その実、聖女ではないなんて、その存在自体が、最高に皮肉が効いているわよねー」

そう楽しそうに言い切ったドリーの発言内容に既視感を覚え、私はぱちぱちと目を瞬かせた。

◇　◇　◇

「えっ、……オルコット公爵？」

私は唐突に何の脈絡もなく、この場にいない人物の名前を呼んだ。

なぜなら以前、オルコット公爵が同じようなことを言っていたからだ。

ドリーとオルコット公爵では、髪の長さも、見た目も、声も全く違うのだけれど、引っ掛かるものがあったため、目の前の女性的な道化師をまじまじと見つめる。

……うーん、ドリーは道化師メイクをばっちりしているから、顔立ちがよく分からないのよね。

だから、ド派手な黄色のアイシャドウと、目の下の鳥の羽根のような模様を取り去って、髪を短くすると……あれえ!?

信じられないことに、頭の中でドリーから化粧を取り除き、髪型を変えてみると、オルコット公爵が現れた。

そのため、私はびっくりして、普段よりも大きな声を出す。

「オ、オルコット公爵じゃないですか！　何をやっているんですか!?」

最上位の貴族である公爵閣下の行動として、道化師の真似をすることは、常識外れ以外の何物でもない。

だからこそ、大きな声で問い質したというのに、当のドリーは片手を口元に当てると、嫌そうに顔をしかめた。

「やだー、その反応！　本当に今、あたしのことに気付いたのかしら？」

それから、ドリーは呆れた様子で頭を振ったけれど、もちろん今気付いたに決まっている。

王国の要である公爵閣下が道化師に扮するなど、常識的にあり得るはずもないのだから、そのような可能性は考えもしないし、気付くはずもないのだ。

だというのに、実際には、国王陛下に続いて公爵閣下までもが道化師に扮しているなんて、この国は一体どうなっているのだ。

「え、この国、大丈夫かしら？」

思わず、ぽろりと本音が零れる。

すると、ドリーは「もちろん大丈夫よー」と朗らかな声を出した。

「世の中に、絶対に必要な人なんていないんだから！　つまり、あたしが公爵をやっていない間は、誰かが公爵の仕事を肩代わりしてくれているから、だいじょーぶ！」

ええぇ、大国ナーヴ王国が誇る公爵閣下が、こんなに軽くていいのかしら、と公爵の主である国王セルリアンに視線をやると、彼は諦めの表情を浮かべていた。

いやいや、セルリアン、諦めないでちょうだい！

そう思ったけれど、セルリアンはこの話題に興味がないようで、「ところで」と言いながら、別の話題に変えてきた。つまり、私に質問してきた。

「この前、フィーアはあれほど嫌がっていたのに、道化師に弟子入りしたいだなんて、どういう風の吹き回しだい？」

あっ、そうだった！　ドリーがオルコット公爵だった衝撃で忘れかけていたけど、元々、道化師に弟子入りしたくてセルリアンを訪ねたんだったわ。

そして、そのことを頼んでいる最中だった。

本題を思い出したため、ドリーのことは後回しにして、セルリアンの質問に答える。

「それはね、前回、セルリアンが自分たちは道化師のエリートだと言っていたから……」

けれど、彼は私の言葉を最後まで聞くことなく、途中で遮ってきた。

「そんなことは言ってないよ。『道化師は超エリート集団だ』と言ったのであって、『道化師のエリートだ』とは言ってないから」

「同じことじゃないの？」

少しだけ言い回しが違うけれど、言っていることは同じに思われる。

それなのに、セルリアンは大きく首を横に振った。

「いや、全然違うよね！　僕が言ったのは、道化師の３人は３人ともに、この国の高位者だってことだから」

「へっ？　３人とも？　じゃあ、セルリアンとドリーだけじゃなくて、ロンも……」

そんな馬鹿なと思いながら、私は一生懸命ロンの姿を頭の中に思い浮かべる。

それから、ロンの頭からネコ耳を取って、目の下と鼻に描いてある☆マークを消すと……ああっ！

「し、信じられない！　まさかの真面目そうなバルフォア公爵じゃないの！？？」

そう、私の頭の中に浮かび上がってきた顔は、常識人のはずのバルフォア公爵だった。

いや、常識人というのは私の思い込みで、実際には多くの時間を道化師に扮して遊んでいる遊び人なのだろうか。

衝撃を受けた私は、両手で口元を覆うと、頭の中に2人の公爵と2人の道化師の姿を思い浮かべる。

けれど、正解を知ったうえで見比べてみても、オルコット公爵とドリー、バルフォア公爵とロンには似通ったところがほとんどなく、ちっとも同一人物には思われなかった。

どちらの公爵も、普段の仕草や雰囲気、声や口調を完璧に変えているため、道化師姿と重ね合わせることが難しかったのだ。

ここまで別人になりきるなんて、ものすごく努力をしたのは間違いないだろうけれど、公爵様の行動としては、情熱を傾ける場所を間違ったと言わざるを得ない。ああ、それにしても……

「こんなことがあるものかしら!?　王様と2人の公爵が道化師に扮している国が、大陸でも一、二を争う大国だなんて!!」

ない、あるはずがない！

そんな国があったとしても、とっくの昔に滅びているはずだ。

「あああ、この国の行く末が見えたわね！」

私は預言者じゃないけれど、破滅的な未来が見えたわ！　と、頭を抱えていると、セルリアンがのんびりした声を出した。

「だーいじょうぶ、大丈夫！　僕たちがちょっとくらい国を傾かせたとしても、サヴィスとシリルがきちんと立て直してくれるから」

「ええっ！」

先ほどのドリーと同じくらいの軽さだ。

サヴィス総長とシリル団長は騎士団を支えていると思ったけれど、それどころではなく、王国を支えるよう期待されているなんて、ちょっと酷過ぎやしないかしら。

そう思った私は、セルリアンに物申す。

「セルリアン、あなたの方がお兄さんなんだから、弟に迷惑を掛けちゃダメだと思うわよ。本来は、セルリアンがサヴィス総長を守ってあげる立場なんだから」

私の言葉を聞いたセルリアンは、びっくりして目を丸くした。

「えっ、僕が？」

そのため、そんなセルリアンに私の方が驚く。

「えっ、どうして驚くの!?　セルリアンの方がサヴィス総長のお兄さんなのよね？　兄として弟の面倒を見るのは、おかしな話じゃないと思うけど」

あくまで一般論ではあるけれど。

そして、私の兄さん2人は、ちっとも私の面倒を見てくれなかったけれど。

でも、兄が弟の面倒を見るのは素敵なことよね、と考えていると、セルリアンは少し考えた後に頷いた。

「………………その通りだな」

けれど、彼の表情はたった今理解した、と言わんばかりのものだったため、もしかしたらセルリアンはこれまで、兄らしいことをあんまりしていないのかもしれないと思い、じろりと睨み付ける。

すると、私の予想は当たっていたようで、セルリアンは慌てた様子で言い訳を始めた。

「いや、フィーア、僕だって大事なところでは、サヴィスの迷惑にならないように行動しているさ！　ただ、サヴィスは僕の何倍もしっかりしているからね。幼い頃ならまだしも、年齢が逆転してからは、日常のたわいもない行動についてはいつの間にか、あいつに頼るようになっていたかもしれないな」

「確かに、サヴィス総長はしっかりしているものね」

納得して頷くと、セルリアンはふっと表情を陰らせた。

「そうだな。だが、話をしていて思い出した。昔のサヴィスは、あんな風じゃなかったってことを。もっと笑ったり、怒ったり、感情を露にしていたし、あれほど一人で、全てを一手に引き受けようとするタイプでもなかった」

「そうなのね」

サヴィス総長はいつだってしっかりしているイメージがあるけれど、確かに子どもの頃からあんな様子だったら、でき過ぎていて怖いわよね。

「その、フィーア、……この際だから、僕の黒歴史を告白するが、僕は若返り始めたタイミングで、やる気を失ったんだ。何もかもが嫌になって、一時的に全てを放り出してしまった。やっと頭が冷えて、周りが見えるようになった時には、……僕が投げ出した全てのものを、サヴィスが引き受けてくれていた。ただし、その代償なのか、サヴィスはあまり感情を表さない、重々しい感じになってしまった」

まあ、だとしたら、サヴィス総長はセルリアンの助けになりたくて、自分がしっかりしなければいけないと考えて、生き方を変えたのかもしれない。

騎士たちを大事にしているサヴィス総長だから、実の兄も大事にするに違いないもの。

そう思ってセルリアンを見つめると、彼は自嘲するように唇を歪めた。

「あの時、サヴィスは不甲斐ない僕に代わって、この国の未来を引き受ける決心をしたのだろうな。咄嗟の時にこそ、その者の本質は表れるものだ。僕は『逃げる』選択をしたが、サヴィスは『引き受ける』選択をしたんだ」

セルリアンの口調から、彼がとても大事な話をしているように思われたため、私は黙って彼の言葉に耳を傾ける。

すると、セルリアンは顔を上げて、まっすぐ私を見つめてきた。

「僕が逃げ出した場合、引き受ける相手はサヴィスしかいない。そして、あいつは全てに立ち向かう性格をしているから、当然のように僕の肩代わりをすることを、僕は理解しているべきだった。しかし、当時の僕はそこまで気が回らなかったため、結果として、あいつに大きな重荷を背負わせることになった。……そんなサヴィスに対して、僕は何ができるのだろうね？」

セルリアンが仄めかしていることは、王族としての義務のように思われた。

セルリアンが一時期、自暴自棄になって義務を投げ出したため、その全てをサヴィス総長が肩代わりしたのだろう。

けれど、『この国の未来を引き受ける決心をした』というのは、もう少し大きな……例えば、総長が将来にわたって国王の代わりを引き受ける、といった話に思われる。

セルリアンをじっと見つめていると、彼はふうとため息をついた。

「まあ、これは僕の宿題だね。まだ時間はあるから、サヴィスに全てを押し付ける前に、何なりと彼のためになることをやってみるよ。そうは言っても、あいつには有能なるシリルが付いているから、僕が色々とやるまでもないのかもしれないが」

確かに、シリル団長はすごく有能だわ、と思って頷いていると、セルリアンが張り合うかのように自分の側近を褒め出した。

「しかし、僕にもドリーとロンがいるからね！　この2人はすごく有能だし、優しいんだ。何たって僕を心配して、側にいるために道化師になってくれたくらいだからね」

「えっ、そんな理由で、2人は道化師になったの？」

驚いて質問すると、セルリアンは当然だとばかりに頷く。

「そう、2人は僕の幼馴染だからね。若返っていく僕を、ほっとけなかったんじゃないかな」

セルリアンはさらりと発言したけれど、公爵が道化師に扮するなんて、通常ではあり得ない事態だ。

そのため、2人がセルリアンの側にいたいがために道化師に扮しているとしたら、そのこと自体がセルリアンを大事に思っていることの表れだろう。

まあ、とってもいい話じゃないのと感動していると、セルリアンは居心地が悪そうに体を動かした。

それから、雰囲気を変えるかのように、おどけた様子で手を打ち鳴らす。

「フィーア、長々と話をしたけど、ナーヴ王国の宮廷道化師は、国王と公爵で構成されているって僕は言いたかったんだよ。ということで、超エリート集団にようこそ！　そんな僕たちとともに、君は何をしたいのかな？」

セルリアンが雰囲気を変えたがっていることが分かったため、私も普段通りの調子で話をしようと口を開く。

「もちろん、道化師に弟子入りするのだから芸を磨きたいわ！　私の最終目標は、サヴィス総長のご婚約をお祝いする席で、皆をあっと驚かすような素晴らしい出し物を披露することなの!!」

王と公爵のみで構成された道化師集団というのは想定外だったけれど、私がやりたいことは初めから決まっているのだ。

そのため、はっきりと希望を口にすると、ドリーとセルリアンは驚いた様子で瞠目した。

「……あら、そうきたのねー。あたしとしたことが、その回答は想定外だったわ。フィーアは誰もが憧れる王国騎士団の一員なのに、面白いことを考えるのね」

「そうだな。フィーアがサヴィスを慕っているのは分かったけど、ものすごい方向に体を張るな。多くの騎士の前で、出し物をする気だなんて」

セルリアンの感心したような口調を聞いて、どうやら彼は総長を祝おうとする私の尊い気持ちに感銘を受けたようだわと嬉しくなる。

そのため、私はセルリアンを仲間に誘うことを思い付いた。

なぜならサヴィス総長はお兄さんのことが好きなはずだから、セルリアンからお祝いの気持ちを見せられたら、喜ぶに違いないと思われたからだ。

「セルリアン、よかったらあなたも私と一緒に、出し物を披露するのはどうかしら？」

◇　◇　◇

「えっ、僕が？」

驚いて目を丸くしているセルリアンに、私は大きく頷いた。

「そうよ！　セルリアンはサヴィス総長のお兄さんじゃないの！　お祝いの気持ちを一番に示すべきだわ」

きっぱりとそう言い切ると、セルリアンは焦った様子で口を開く。

「もちろん、そのつもりだよ！　だからこそ、諸外国から珍しい剣や鎧、魔石なんかを集めているところだから」

セルリアンが口にしたのは、確かに総長が喜びそうなセレクトだけれど、そうではないのだ！

私は大きく首を横に振ると、セルリアンに物申した。

「お金って便利だから、何でも買えるけれど、それじゃあ真心は伝わらないのよ！　いい、セルリアン、物より思い出なのよ」

「えっ？」

思ってもみないことを聞いたとばかりに、さかんに瞬きを繰り返すセルリアンに対して、私はさらに言い募る。

「剣や鎧は壊れたらなくなってしまうでしょう？　でも、思い出はいつまでも残るから、素晴らしい出し物を披露したら、総長はずっとセルリアンのことを覚えているわ」

私の言葉選びがよかったのか、セルリアンはぐっと胸が詰まったような表情を浮かべた。

それから、実際に胸が苦しいとでもいうかのように、服の胸元部分を握りしめる。

「サヴィスがずっと、僕のことを覚えている……？」

セルリアンが自分に問いかけるように小さく呟いたので、その通りよ、と私は大きく頷いた。

「ええ！」

セルリアンは両手で顔を覆うと、震えるようなため息をついた。

「……………………フィーアはすごいことを言うね」

「あ、あらそう？」

予想以上に高評価だったため、動揺して上ずった声を出すと、彼は顔を上げて私の両手をがしりと掴んできた。

「僕は君の言葉に感銘を受けた。その通りだよ！　サヴィスが忘れられないような出し物を、僕も一緒に披露しよう!!　そして、僕のことをずーっとサヴィスに覚えていてもらおう!!」

「セルリアン!!」

分かってもらえたことが嬉しくなり、手を取り合って喜んでいると、後ろでドリーが楽しそうな笑い声を上げた。

「うふふ、意見が一致したようでよかったわね。ところで、忘れているようだけど、フィーアの素敵な衣装がここに残っているわよ。あたしの渾身の一作だから、着て見せてちょうだい」

ドリーは聖女の衣装を取り上げると、高い位置に掲げてひらひらと振った。

その様子を見たセルリアンが、ぱちんと指を鳴らす。

「ああ、そんな話をしていたのだったな。フィーア、ちょうどいいから、衣装の試着がてらプチ武者修行に行かないか？」

「プチ？」

武者修行と言えばカッコいいのだけれど、『プチ』と付くだけで、一気に迫力がなくなってしまう。

一体何をするつもりかしら、と訝し気にセルリアンを見れば、彼は邪気のない様子で微笑んだ。

『武者修行』と言い切ったら、隣国くんだりまで行かなければならないような、大袈裟な気持ちになるだろう？　その点、『プチ武者修行』って言ったら、ふらりと街に行けば済みそうじゃないか。その衣装で街に出て、まずは皆の反応を見てみようよ」

「それはいい考えだわ！」

いきなり宴会で出し物を披露するのではなく、まずは街中で試してみることは、とてもいい考えに思われる。

そのため頷いていると、セルリアンから聖女の衣装を手渡された。

「フィーア、とりあえずこれに着替えてきて。道化師と騎士の組み合わせで街に繰り出したら、人々に不信感しか抱かせないよ。だが、この衣装なら、道化師と連れ立って歩いても、誰もが力を抜くだろうからね」

「そうよー、あたしのデザインしたドレスは、実際に着てみたらもっと可愛いんだから。ああ、でも、どうせたくさんの騎士が護衛として付いてくるんでしょうね。雰囲気を壊されたくないから、騎士たちにはできるだけ離れるように言っておくわねー」

今すぐ3人で外出するつもりになっているセルリアンとドリーに、私は慌てて訂正を入れる。

確かに街に行くことに賛同したけれど、今日ではなく、お休みの日のことだと思っていたのだ。

「ええと、待ってちょうだい。私はこの後、初めての国王陛下の護衛業務が待っているのよ！　だから、今から街に行くわけにはいかないわ」

　すると、セルリアンとドリーは呆れた表情で私を見た。

「ローレンスの護衛って、それよりも僕の護衛の方が、どう考えても大事だよね。フィーアがこれから行うのは、道化師の弟子入りに見せかけた、至近距離での国王の護衛なんだから」

「えっ、そういう話なのかしら？」

　自由気ままな王様の、思い付き王都散策に巻き込まれる、って話じゃないのかしら？

　そう首を傾げたけれど、セルリアンは自信あり気に頷いた。

「そうだよ、王が認めた優れた騎士に、真の王の護衛をしてもらおうって話だよ！　それに、この間、『あたら有能な若い騎士に恥をかかせたのです』って、サヴィスから説教されたじゃないか。あの言葉が、僕はずっと気になっていてね。フィーアは面談した騎士の中で飛びぬけて優れていたのに、そのことが皆に上手く伝わっていないなら申し訳ないと思っていたんだ」

「まあ」

　全てを支配する王様だというのに、わざわざ私のことまで気に掛けてくれるなんて、セルリアンはいい人だわ。

　そう考えてじんと感動していると、セルリアンはさらに言い募ってきた。

「だからね、君が立派な仕事をすることを、皆に知らしめようと思って。この後、シリルのところに行って、有能で優秀なフィーアが気に入ったから、しばらくは僕専属の護衛に就けるよう命じてくるよ」

「えっ！」

それはダメだわ。

私は駆け出しの新人騎士だから、これから色々と経験を積まなければいけないのに、半分お遊びのようなセルリアンの警護業務ばかりしていたら、騎士としてのスキルが上達するとは思えないもの。

これは私の将来のために、きっぱりと断らないといけないわね！

「いえ、セルリアン、私はやっと一人前の騎士として、国王陛下とサヴィス総長の警護ができるようになったのだから……」

けれど、セルリアンの次の言葉を聞いて、言いかけた言葉がぴたりと止まる。

「そう？　僕の警護だったら、業務時間内に街で買い食いし放題だし、いろんなお店に寄り道し放題だよ。それから、道の真ん中に座って、おしゃべりし放題！　どれだけ好き勝手やったとしても、『至尊なる王の警護中』という名目の下（もと）、シリルは一言だって文句を言えないからね」

「セルリアン、よく考えたら、あなたの警護業務が一番大事だったわ！　もちろん、あなたについていくわ!!」

私は勢い込んで、セルリアンの提案に同意した。

そうだった。国王制というのは、ぶっちぎりで国王が偉いのだった。

王が言ったことは、どんな理不尽なことだって通るし、受け入れられるのだ。

だから、騎士の1人が少々遊んでいるように見えたって……国王が仕事だと言えば、それは立派な仕事として認められるのだ！

国王制万歳！ 騎士としての能力のスキルアップは、また今度考えよう。

そう気持ちを切り替えた私は、善は急げとばかりにドレスを手に取った。

「ちょっと待っていてね。すぐに着替えてくるから！」

それから、私は隣室にて着替えをしたのだけれど、着用した衣装は想像以上に可愛かった。

全体的にひらひらとしたレースがたくさん使われているうえ、スカート部分はふんわりと膨らんでいて、いいところのお嬢さんが着用するドレスのようだ。

今の聖女たちが着用しているのは白いローブだから、この赤と白のドレスとは明らかに異なっているのだけれど、なぜだか見る人に聖女のイメージを抱かせる不思議なドレスだった。

仕事が丁寧なことに、ドレスとおそろいの髪飾りまで用意してある。

「一点気になるのは、このドレスのメインカラーが赤色ってことよね。赤色は『大聖女の色』ということで、使用禁止じゃなかったかしら？ ……でも、よく見たら、このドレスは少しくすんだ赤色をしているから、ドリーは『赤茶色であって赤ではない』とか言って、誤魔化すつもりなんでしょうね」

何となくドリーの考えが分かってきたわよ、と思いながら扉を開ける。

すると、部屋から出て行った途端、うずうずして私を待っていたドリーから絶賛された。

「まあ、フィーア、すごく似合っているわよ！　可愛らしい聖女様の誕生だわ！　うふふ、あんたは平均より小さいし、外見も幼いから、そんな風に小さなご令嬢向きのドレスが似合うんじゃないかと予想した、あたしの先見の明がバッチリ当たったわね！」

ドリーの発言の中に、一部、不穏当な単語が交じっていた気もするけれど、大らかな私は見逃すことにする。

セルリアンも満足した様子で目を細めていたので、嬉しくなった私は、くるりとその場で回ってみせた。

それから、両手を広げて、聖女っぽいポーズを取る。

「さあて、皆様方、ご覧あれー。この世界一有能な聖女が、ちちんぷいぷいと傷を治して差し上げますよー」

けれど、その瞬間に2人の表情が曇った。

「……フィーア、それは違う」

「そうね、口を開いた途端にフィーアはインチキ臭くなるわね。赤い髪に金の瞳というだけで、舞台装置は完璧なんだから、あんたはできるだけ黙っていた方がいいわね」

まあ、ひどい！　私は本物の聖女だというのに、その立ち居振る舞いがインチキ臭いってどういうことかしら？　２人とも見る目がないわよね。

そう不満に思っている間に、２人が外出準備を始めたので、私はふと思いついてセルリアンに提案する。

「セルリアン、今から街に行くにあたって、いいことを思い付いたのだけど」

「……フィーアのいいことか。なぜだかあまり聞きたい気持ちになれないな。まあ、僕は公平な道化師だから、一応、聞いておくけど」

聞きもしないうちから『聞きたくない』と決めつける、ちっとも公平とは思えない道化師の言葉を聞き流すと、私はぱちんと手を打ち鳴らした。

「あのね、何か困ったことがあった時のために、合図を決めておくのはどうかしら。『ピンチです』とか『助けて』とかのジェスチャーをね」

「『ピンチ』も『助けて』も、同じことじゃないの」

意外と細かいセルリアンが、呆れた様子で口を開く。

それから、彼は反対するかのように首を横に振った。

「それに、実際に追い詰められた状況に陥った場合、フィーアはジェスチャーを決めていたことすら忘れると思うけど」

まあ、セルリアンは鋭いわね。そのような状況も、あり得そうな気がしてきたわ。

「ええと、では、さらに最終手段として、本当に困った場合には、ルーア語で意思疎通を図るのはどうかしら？」

今度の提案はセルリアンの興味を引いたようで、彼は驚いたように目を見開いた。

「……まさかとは思うけど、フィーアはルーア語が話せるの？」

もちろんだわ、できもしないものを提案しないわよ。

「ほほ、教養の範囲ですから」

そう高笑いをすると、疑われているのか、セルリアンがルーア語に切り替えてきた。

〈嘘だー。あれは、ほんとーにむっずかしぃんでっから〉

けれど、彼が披露したのは訛り交じりのルーア語だったため、おかしくなって笑い声を上げる。

「あはははは、セルリアンったら笑わせようとするのは止めてちょうだい！」

さすが道化師だわ。ところどころで笑わせようとしてくるところはさすがよね。

〈何を笑ってんだーよ。ここまで話せることを、褒めてほっしーわ。ってか、お前、すっげーぞ！ほんとーに僕が言っていることを、分かっているんだーな？〉

けれど、頼んでも止めてくれないため、私もルーア語に切り替える。

〈『分かっているんだーな！』なんて、あははは！　さすがねセルリアン。やってみたら分かるけど、訛り交じりに話すことは難しいのに、すごく上手だわ〉

すると、セルリアンはやっと納得したのか、普段の言葉に切り替えた。

「…………マジか。訛りなしでルーア語をしゃべれる者なんて、初めて見た…………」

小さな声で呟くと、セルリアンはがくりと床に崩れ落ちた。

いくら道化師といっても、さすがにこれは演技過多だろう。

そう思ったけれど、ドリーも信じられないとばかりに、しきりに首を横に振っている。

「何てことかしら、騎士の頭には等しく筋肉が詰まっていると思っていたけれど、フィーアには立派な脳みそが詰まっているわよ！」

うーん、ドリーがオルコット公爵である以上、有能なるシリル団長やデズモンド団長のことをよく知っているはずだから、騎士の有能さを理解しているだろうに、発言内容は完全に騎士を馬鹿にしている。

どうやらドリーは、騎士を馬鹿にすることが習慣になっているようだ。

こんな2人と出歩いて大丈夫かしらと、騎士の私は心配になったけれど……何とかなるでしょうと、すぐに思い直したのだった。

◇

「勤務時間中に街を散策できるなんて！　このやってはいけないことをやっている感じが堪らないわね」
そう口にしながら、久しぶりに訪れた街中で辺りを見回していると、セルリアンからちらりと視線を向けられた。

「フィーア、心の声が口から出ているよ。シリルのところに行った時も、そんな風にぺらぺらとしゃべればよかったのに」

悪戯っぽい表情を浮かべるセルリアンに、私は引きつった笑みを返す。

冗談ではない。なぜわざわざ自分から波風を立てなければならないのだ。

そう心の中で言い返すと、私は先ほど、第一騎士団長室を訪ねた時のことを思い返した。


――――今日の私は、元々、国王の護衛業務に就くことになっていた。

そのため、セルリアンとドリーの３人で、私の護衛対象を変更してもらうよう、シリル団長に頼みに行ったのだ。

けれど、なぜだか私を見た瞬間、シリル団長の笑顔が消えて真顔になった。

「ひいっ!?」

そのため、私は奇声を上げると、３歩ほど後ろに飛び退った。

……怖かった。あれは本当に怖かった。

シリル団長は顔が整っている分、表情を消されると恐ろしい印象を受けるのだけど、それに加えて、笑顔からの落差があったため、通常の倍の恐怖を感じたのだ。

蛇に睨まれた蛙のように、恐怖で硬直した私を尻目に、セルリアンは気にすることなくすたすたと団長に近付いていくと、自分勝手な要求を突き付けた。

「シリル、今から街に出掛けてくる。その際、フィーアに護衛をしてもらうから、彼女をローレンスの護衛業務から外してくれ」

さすが王様。相手の都合を一切気に掛けず、自分の要求だけを口にするなんて、我儘っぷりが半端ないわ。

そう感心して見つめていたけれど、シリル団長には感心する気持ちがないようで、唇を歪めてセルリアンに視線をやる。

「これはまた……道化師の冗談にしては、度が過ぎていますね」

けれど、セルリアンはシリル団長の皮肉をさらりと無視すると、さらなる要求を突き付けていた。

「それから、有能で優秀なフィーアが気に入ったから、しばらくは彼女を僕専属の護衛にしてくれ」

それは間違いなく王様の命令だったけれど、シリル団長は「諾」と返事することなく、唇の端を持ち上げる。

「重ね重ね冗談が好きな道化師ですね。あなたの護衛業務に就かせろと言いながら、フィーアは騎士服すら着用していないではないですか。彼女は護衛業務に就くのではなく、気ままな道化師たちと遊びに行くようにしか、私には見えませんね」

シリル団長の言葉を聞いたドリーが、不快そうに片方の眉を上げた。

「まあ、騎士服を着ないと、護衛業務はできないのかしら？　そんなわけないわよねー。あー、やだやだ、そんなごりごりの固定観念を抱えていたら、融通が利かずにいつか失敗するわよ」

「そうかもしれませんが、それは今ではありません」

シリル団長は感情を読ませない笑みを浮かべると、さらに言葉を重ねる。

「フィーアはこれから正式な任務に就こうとしているところです。周りにいる経験豊富な騎士たちの姿を見ながら、成長していく大事な時期なのです。そんな時期にセルリアンと一緒に遊んでばかりいては、彼女が成長し損ねます」

シリル団長の発言は、全くもってごもっともだった。

そして、私の将来のことを考えてくれた、とてもありがたいものだった。

そのため、シリル団長の思いやりに打たれた私は、ふらふらと団長に近付いていった。

けれど、団長のもとに行き着く前に、ドリーからがしりと腕を掴まれたので、はっとして掴まれた腕を見下ろす。

「あ、あれ、何だかこの情景は以前も見た気がするわ」

そう言いながらドリーを見上げると、彼は不敵な笑みを浮かべていた。

「フィーア、ダメよ！　今日は、あたしたちと街に行くって約束したんだから、先約を守らないと。シリルは口が達者だから、付いていきたい気持ちになるのかもしれないけど、そもそもあんたが目指しているのは、本当に『立派な騎士』なのかしら？」

ドリーの言葉を聞いた私は、またもやはっとする。

そうだった。今日は、セルリアンの護衛をすると約束したのだった。

私の護衛対象が国王からセルリアンに代わることで、騎士たちの配置を見直す必要が出てくるはずだ。

それは至急行われるべきことで、私がふらふらと惑っていたら、いつまでたっても再配置の計画が立てられずに迷惑を掛けてしまうだろう。

そのことに思い至った私は、『セルリアンと街に行くのは護衛業務の一環よ、遊んでいるわけではないわ！』と自分に言い聞かせる。

そして、シリル団長の思いやりに対する感謝の気持ちを表情に浮かべ、伝えようとしたけれど、

――私の表情を見た団長は眉を寄せたままだったので、伝わらなかったと思われる。

その後、シリル団長は気を取り直すように頭を振ると、ドリーに視線を移した。

「いいですか、ドリー。たとえばロイドは道半ばで騎士になる夢を捨て去ったため、騎士に対してよい感情を抱いていないかもしれません。しかし、誰もが彼のように、騎士になることを嫌悪しているわけではないのです。そして、フィーアは将来的に立派な騎士になるだろうと、私は考えています」

けれど、ドリーは当て擦られた自分の過去について聞き流すと、私の衣装を指し示す。

「それはどうかしらねー。ほーら、見てごらんなさい、フィーアの格好を。可愛らしい聖女様でし

ょう？　フィーアには将来の可能性がたくさんあるんだから、そんな風に決めつけるものではないわ」

「フィーアがこの場にいること自体が、既に騎士を選んでいることの証明になるのですがね」

　シリル団長はそこで言葉を切ると、ふっと皮肉気な笑みを浮かべて私を見つめた。

「騎士であるあなたに聖女の衣装を着用させたところに、ドリーの趣味の悪さが表れていますが、似合っていますよ。残念ながら、私は一介の騎士団長にすぎませんので、あなたがセルリアンの護衛に就くことが下命であれば、私にはこれ以上言葉を差し挟むことができません。セルリアンの護衛業務も、一度は経験しておいて損はないと思いますので、どうぞ頑張ってきてください」

「は、はい……」

　発せられた言葉を素直に解釈すると、私の衣装を褒めていることになるはずだけれど、どういうわけか全く褒められた気にならない。

　シリル団長も、セルリアンも、ドリーも、それぞれ個別に対応すれば穏やかな人柄なのに、３人揃うと不穏な空気になるのはどうしてだろう。

　理由が分からない以上、下手にかかわるものではないと考え、必要なことだけを答えることにした私は、それ以降、「はい」と「いいえ」だけを口にした。

　そして、やっと第一騎士団長室から抜け出ることに成功し、そのまままっすぐ街に向かって、今に至るのだけれど……

「セルリアンたちはシリル団長と確執でもあるの？」

セルリアンとドリーと一緒に歩きながら、私はそう質問した。

3人で中央広場に向かっているところだったけれど、手持ち無沙汰だったため、先ほどの場面を思い返していたところ、どうにも気になり質問が口を衝いて出たのだ。

すると、セルリアンから苦笑される。

「フィーアのその歯に衣着せないところは、すごくいいよね。王城って、皆が言いたいことを覆い隠して、婉曲に婉曲に会話を進めていくから、時間が掛かるうえに、真意を理解するのが難しいんだよね。あれらの会話と比べると、フィーアの態度はすごくいい」

「あ、あら、そうかしら」

知りたかったことを質問しただけで、褒められてしまった。

そのため、戸惑っていると、セルリアンは笑顔のまま、突拍子もないことを口にした。

「そうだよ。そして、これは僕とフィーアの秘密にしてほしいんだけど、僕はもうすぐ退位するんだ。その際に、サヴィスに王位を譲ろうと思っていてね」

「ええっ！」

とんでもないことを聞いたため、驚いて飛び上がる。

色んな人との話から、いずれはそうなるのじゃないかと思っていたけれど、もっとずっと先のことだと考えていたからだ。

そんな私に対し、セルリアンはひょいっと肩を竦めてみせた。

「さすがに影武者を立てることに、限界を感じていてね。だから、サヴィスが王になるんだけど……フィーアは三大公爵って分かる？」

「えっ、３人の公爵って意味かしら」

言葉通りに解釈して回答すると、「正解」とセルリアンから肯定された。

「正確に言うと、我が国には公爵が３名しかいないから、その３名を指しているんだけどね。そして、その３名のうち2名は僕に、残りの１名であるシリルがサヴィスに付いた形になっているんだ。そのため、国王派と王弟派といった、派閥として見られる場合が多々あってね。この２つの間に目立った確執はないと思われているが、実際には１つの大きな意見の相違があるんだよ」

「そうなのね」

それは一体何かしらと思いながら、セルリアンの次の言葉を待つ。

けれど、セルリアンは『意見の相違』について触れることなく、話を進めた。

「そう、僕とサヴィスの間には、どうしても相容れない部分があるため、皆の前でべったり引っ付くことはないだろうね。将来的には、その相違が明らかになる日が必ず来るから、立場の違いを明確にするためにも離れていた方がいいと、僕自身が思っているからね。だからこそ、対立関係に見られたとしても、あえてそのままにしているんだ」

「つまり、どういうことかしら？」

セルリアンの言い方は曖昧過ぎて理解できなかったために聞き返すと、彼は言い直してくれた。

「僕の一派が『ダメ』だと思っていることを、サヴィス派が『よい』と思っているのならば、それは正しく区別されるべきだってこと」

ただし、言い直した内容も曖昧だったけれど。

「ふーん」

セルリアンは分かってほしくなくて、わざとぼかしたんだろうけど、何だか分かってきたわよ。

「それって聖女様のことかしら？」

話の流れに乗って質問すると、セルリアンは驚愕して目を見開いた。

「えええっ!!」

その態度から、どうやら正解だったようねと思った私は、さらに深く質問する。

「今の話でいくと、セルリアン一派は『聖女様はダメだ』と思っているけど、サヴィス総長一派は『聖女様はよい』と思っているってことかしら？」

サヴィス総長の考えはよく分からないけど、シリル団長は葛藤しながらも聖女に心酔しているわよね。

そして、総長は心の底でどう考えていても、滅私奉公の精神で聖女をにこやかに受け入れることができるタイプよね。

シリル団長とサヴィス総長ならば、確かに聖女を『よい』と受け入れそうだわ、と勝手に考えていると、セルリアンが信じられないとばかりに目を瞬かせた。

「どうして……。えっ、僕はこれまで一度も、フィーアと聖女の話をしたことがないよね？ それなのに、どうしてそう思ったの？」

だって、国王一派であるところのオルコット公爵は、明らかに聖女が嫌いだって態度を見せていたから……と口にしかけたけれど、そうしたら、公爵が責められるかもしれないと思った私は、曖昧な答えで誤魔化すことにする。

「えっと、勘かしら」

「勘！ フィーアの勘って、本当にすごいね!!」

驚いた様子のセルリアンを見て、まあ、あんな稚拙な一言で誤魔化せたようだわ、と私の方が驚く。

我が国の国王陛下が単純で助かったわ。

そうほっと胸を撫で下ろしていると、その単純なはずのセルリアンが、困惑した様子で言葉を続けた。

「そこまで言い当てられたのなら、僕は詳細を明らかにすべきだろうね。それは分かっているが……こんな場面は想定していなかったため、心構えができていない。フィーア、僕に少し時間をくれないか？」

「ええ、もちろんよ。でも、言いたくなかったら、無理して言う必要はないと思うわよ」

セルリアンの話に興味はあるけれど、嫌がっている人から無理矢理聞き出そうとは思わないもの。

そう考え、無理をしないように言ったけれど、セルリアンは硬い表情で首を横に振った。

「いや。……どの道、僕はそろそろ覚悟を決めないといけないから」

「そうなのね」

私がそう返事をしたちょうどその時、中央広場に到着した。

そこは噴水がある広いスペースで、皆の憩いとなっている場所だった。

たくさんの子どもたちが楽しそうに遊んでおり、大人たちも思い思いに休憩したり、友人と会話を楽しんだりしている。

セルリアンはそれらの情景をぐるりと見回すと、雰囲気を変えるかのように、明るい口調で誘いかけてきた。

「よし、フィーア。まずはここで、聖女デビューをしよう！」

48　聖女デビュー

「せ、聖女デビュー!?」

セルリアンの言葉が衝撃的だったため、思わず上ずった声が出る。

私は聖女であることをひた隠しにしているのに、それをオープンにしようということ？

驚きに目を丸くしていると、セルリアンがにやりと笑った。

「フィーア、僕らの役割は周りの人々を笑顔にすることだよ。だから、皆を楽しませなくっちゃ。道化師には道化師として、聖女には聖女として、皆に期待されていることがあるだろう？　そこを読み取って、面白おかしく表現してみせるのさ」

「な、なるほど」

分かったようで、ちっとも分からない。

けれど、私はできのいい弟子だから、師匠が説明してくれたことに対して、『分からない』とは答えないわよ。

セルリアンだって、最初から私が及第点を取ることは期待していないだろうし。

「聖女として期待されていること……」

単純に考えると、皆の病気や怪我を治すことだろう。

うーん、そういえばオルコット公爵家のプリシラも定期的に市井に出て、聖女の力を示していると言っていたわよね。

ただ、今の私は、道化師の仲間のなんちゃって聖女だからね。

すいすいと病気や怪我を治すわけにはいかないし、そもそれは、本物の聖女の役割だし……でも、少しは聖女らしいところを見せないと、私が何の役を演じているのかを理解してもらえないのかしら。

ふはは、そうであれば、とうとう秘密兵器を登場させる時がきたようね！

私はドレスの内ポケットに入れていたものを取り出すと、首にかけた。

「ぐっ、重いわね！　ポケットに入れている時は、ここまで重さを感じなかったのに。うーん、これは首にかけるものではないかもしれないわ」

想像以上の重さに前かがみになり、ぶつぶつと独り言を言っていると、私の動作を見守っていたドリーが驚愕した声を上げた。

「フィ、フィーア！　あんた、それ、……う、嘘でしょう!?」

「えっ？」

呼ばれたので振り返ると、仰天した様子のドリーとセルリアンがいた。

そして、2人は目を見開いて、私が首にかけたネックレスを凝視していた——聖石をつなげ合わせて作った、きらきらと陽に輝いているネックレスを。

どうやら2人は、この場所まで聖石を持ってきた私の用意周到さに驚いているようだ。

ふっふっふ、こんなこともあろうかと、先ほど、シリル団長のもとを訪れた後に、寮の私室に戻って取って来たのよね。正解だったわ！

私が得意気に胸を張ると、ドリーは震える指で私を指差し、信じられないとばかりに口を開いた。

「き、聞いていたわよ。あんたがサザランドから聖石を譲り受けた話は、確かに聞いていたわよ。でも、そ、そんなにたくさん……」

「あ、ああ。しかも、先ほどの様子から判断すると、フィーアが持っている聖石は、いかにも重みがありそうだよね。まさかとは思うけど、その石には回復魔法が込められているのか？」

動揺した様子ながらも、秘匿情報になっているはずの聖石について正しく発言してきた2人を見て、さすが公爵と王様ねと、初めて2人の身分の高さを信じる気持ちになる。

それから、『聖女として期待されていること』……と、もう一度セルリアンから言われた言葉を心の中で繰り返すと、2人に向かってにこりと微笑んだ。

「ふふふー、私はタネも仕掛けもある聖女だから、手の内を明かすようなことはしないわ。だけど、セルリアンが言っていた『聖女として期待されていること』は、上手くこなせるんじゃないかしら？」

意味あり気にネックレスを触りながら、そう口にする。

そんな風に、なんちゃって聖女の役割を正しく果たそうとしたのに……

「違う。僕が言った言葉は、間違いなくフィーアが考えているものと違う。えっ、まさかとは思うけど、こんな何でもない場で、その貴重な石を使う気じゃないだろうね？」

「そうよ、フィーア。その石は戦場で騎士たちを救うことができる貴重な石なんだから、おいそれと使用するものじゃあないわ」

何と、セルリアンはまだしも、ドリーからも反対されてしまった。

しかも、ドリーは咄嗟に、聖石のことを『騎士たちを救うことができる石』だと表現した。

そのことから、もしかしたらこれまでの言動とは裏腹に、ドリーは騎士を大事に思っているのかもしれないと考える。

あるいは、実際に騎士が嫌いなのかもしれないけれど、それだけではなくて、大事にしたいと思っている部分があるのかもしれない。

いずれにしても、騎士養成学校まで通っているうえ、公爵本人から騎士を目指していた時期があったと聞いたことがあるのだから、騎士に対して何らかの複雑な思いを抱えているのは間違いないだろう……と考えながら、私は2人に向かって笑みを浮かべる。

「ふふふふー、どうなのかしらね？　いくら師匠相手といえども、私は手の内を明かさない弟子だから言わないわ」

私の返事を聞いた2人は、うっと詰まったような表情を見せた。

「なっ……お、おい、ドリー！　これは弟子の方が、師匠を翻弄してないか?」

「あたしもそんな印象を受けたところよ。普段だったら、セルリアンにもあたし自身にも、『しっかりしなさいよ』と言うところだけど、これは相手が悪いわね」

師匠2人組は、ぼそぼそと小声で打ち合わせらしきものをしていたけれど、すぐに2人揃って諦めの表情を浮かべた。

そんなセルリアンとドリーに対し、私は声を掛ける。

「ところで、私は聖女役だけど、2人は道化師でいいのかしら？　それとも、馬と鳥?」

私の質問を聞いたセルリアンは、憮然とした表情を浮かべた。

「馬って……この間フィーアが言ったように、僕はユニコーンだよ！　角のないユニコーンだ」

「まあ。そこにも皮肉を利かせているわけね」

ユニコーンの角には水を浄化したり、毒を中和したりする力があり、その存在の象徴になるものだ。

それがないということは……

「あたしだって、ただの鳥ではないわよ！　世界中で最も美しい鳥と言われる、伝説のツァーツィーよ！」

思考の途中でドリーの声が割り込んできたため、そちらに意識を持っていかれる。

「なるほど、確かにツァーツィーは極彩色の羽根を持つ美しい鳥だわ。滅多に見ることができないから、『幻の鳥』とか『伝説の鳥』とか言われているけど、あの鳥がモデルだったのね」

ツァーツィーは普通の鳥だけど、存在がほとんど確認できない希少性から、様々な噂が出回っている。

近年では、「その羽根には全ての病を治す力がある」という、とんでもない噂がまことしやかに囁かれるようになり、そのため、その力を求める人々が、あの鳥の数をさらに減らしたのだ。

「ん？　ユニコーンは浄化と解毒で、ツァーツィーは全ての病を治す？　どちらも聖女の力と同じものじゃないの」

そう感想を漏らすと、2人は呆れたように肩を竦めた。

「うーん、フィーアはものすごく鋭い部分があるけれど、その反動で、常識がない部分もあるのかな」

そんな失礼なセルリアンのセリフに続いて、ドリーが私の言葉を訂正する。

「そうよー、聖女様は病を治せるけど、全ての病ってわけにはいかないわ。それに、浄化や解毒だって、聖女様にはできないわよ。そんなことができるのは……」

「できるのは？」

聖女以外にそんな存在がいたかしら、と思いながらこてりと首を傾げる。

するとドリーが高らかに答えを口にした。

「３００年前の伝説の大聖女様だけだわ！！！」

「ひっ！」

予想外の答えに腰が引けていると、ドリーは不満そうに片方の眉を上げた。

な、なるほど、そうきたか！

「ちょっと、『ひっ』とは何よ！　大聖女様は全ての怪我や病気を治され、解毒や状態異常解除まで可能にした素晴らしい方なのよ！　……３００年経つ間に、少しばかり話が大げさになっているかもしれないけど」

それから、ドリーは私が着用している聖女を模したドレスを指差した。

「そのドレスも、大聖女様をイメージして作ったんだから！」

な、なるほど。

前世の私は、大聖女として戦いに参加する時は必ず黒いドレスを着用していたけれど、ドリーのイメージでは赤と白なのね。

でも……と考えながら、着用しているドレスを見下ろす。

このドレスは細部までとても丁寧にデザインされているし、可愛らしく作り込まれているのよね。とても嫌いな相手を想定して作ったものには見えないのだけど、……オルコット公爵は聖女が嫌いなはずよね。

騎士に対する思いといい、公爵は聖女にも相反する思いを抱えているのかもしれないわ。

そう考えていると、目の端で子どもがすてーんと勢いよく転んだのが見えた。

あらまあ、元気がいいわね、と微笑ましく思っていたけれど、子どもにとっては一大事だったようで、すりむいた脚を見ながらわんわんと大声を上げて泣き始める。

ああ、痛いわよねーと思った私は、噴水の横に生えていた薬草を手早く手折ると、手のひらの上に載せた。

それから、両手を合わせると、薬草を手の中から逃がさないようにして噴水の水をすくう。

それから、ととと……と、その子どもに近付いて行った。

さあ、なんちゃって聖女の始まりだわー、と思いながら。

「こんにちはー、聖女ですよー！　何かお困りごとがありそーですね？」

そう言いながら、地面に蹲っている5歳くらいの少年を覗き込むと、少年は驚いた様子で涙交じりの顔を上げた。

それから、私を見てびっくりしたように目を見開く。

「せ、聖女様？」

少年の周りで心配そうにうろうろしていた3人の少年少女も、同じように私を見上げて目をぱちくりとする。

「ほ、本当だ。聖女様だ！」

「わあ、初めて聖女様とお話ししたわ！」

「か、可愛い。聖女様って、すごく可愛いんだ……」

よし、最後の少年。君のセリフは素晴らしかったわ。

だから、サービスしましょう。

そう思ってセルリアンを振り返ると、彼の周りにいた大人たちが視界に入り、皆が面白そうに私を見つめていることに気が付く。

「ははは、これはまた確かに、可愛らしい聖女様だね！」

「ああ、こんな聖女様に微笑んでもらったら、傷の痛みも弱まるんじゃないか。ぼうず、聖女様に傷口をきれいに洗ってもらうんだぞ！」

そして、そんな風に楽しそうに声を掛けてくる。

ふふふ、サザランドの皆さんも陽気で素敵だったけれど、王都の皆さんも明るくて友好的だし、ナーヴ王国の人たちって皆、素敵よね！

そう思いながら、私はセルリアンに微笑みかけた。

「ロバちゃん、ロバちゃん、このお水をきれいにしてちょうだい！」

「えっ、フィーア。だから、僕はロバでも馬でもなく……いっ！」

反論しかけたセルリアンの足を、ドリーが思いっきりどん！　と踏む。

そのため、セルリアンは涙目で彼を見上げたけれど、……ドリーの表情を見て何事かを悟ったようで、「あ、ごめんなさい」と小声で謝罪していた。

それから、慌てた様子で私を振り返ると、完全なる作りものだと分かる笑みを浮かべる。

その姿を見て、セルリアンは師匠だけど、まだまだだわと思う。

けれど、私の心の声が聞こえないセルリアン師匠は、作り笑顔のまま私に反論してきた。

「ええと、聖女ちゃん、僕はロバじゃあないよ！　伝説の聖獣、ユニコーンだよ！」

「えええ、でも、角がないじゃない！　ユニコーンちゃんは、角で全てのお水をきれいにするって聞いていたのに、それじゃあ無理ね」

わざとがっかりした表情を浮かべると、セルリアンは焦った様子で片手を振ってきた。

「大丈夫、大丈夫だよ！　僕には角はないけど、ほら、この耳に付いた魔法の鈴があるからね。この音を聞かせれば、どんな水でも浄化されるんだよ」

そう言いながら、右手でユニコーンの両耳にはめられた鈴を指し示す。

「本当？」

私が疑わしそうな表情で見つめると、セルリアンはぶんぶんと大きく首を縦に振った。

「もちろんだよ。じゃあ、見ていて」

そうして、しゃんしゃんと鈴の音を響かせながら、踊るようにして私の周りを回り始める。

私は合わせた両手をセルリアンに向かって差し出すと、彼が右手を派手に動かしながら、複雑なステップを踏むのを見つめた。

セルリアンは子どもの姿をしているため、楽しそうに踊る姿は誰が見ても愛らしいようで、いつの間にか見物していた人々が、ぱんぱんと手拍子を叩き始める。

その様子を見ていると、私もだんだんと楽しくなっていき、手拍子に合わせて体を揺らしながら、両手のひらに魔力を込めていった。

すると、水の上に浮いていた薬草が、みるみるうちに水に溶けていく。

「さあ、これで完成だ！」

しばらくの後、満足した様子でセルリアンが踊りを止めてそう言った時には、私の手の中の水も完成していた。

そう、どこに出しても恥ずかしくない、立派な回復薬の完成だ。

そのため、私は笑顔で少年の上に合わせた両手をかざした後、少しだけ傾けて、手の中の水を少年の膝に振りかけた。

傾けた私の手の中からは、きらきらと緑色に輝く水が零れていった。
そのため、その光景を見た子どもたちが驚いた声を上げる。
「えっ、お水が緑色になった！」
「魔法よ！　葉っぱと同じ色になったわ！」

大人たちも、楽しそうな笑みを浮かべる。

「へー、よくできているわね」

「さすが可愛らしいユニコーンと、可愛らしい聖女様だ」

けれど、残念なことに次の瞬間、それらの笑みは全て引っ込んでしまった。

なぜなら零れた水が少年の両膝を濡らした途端、そこにあった擦り傷が跡形もなく消えてなくなったからだ。

「……はっ？」

「え？」

「えええええっ!?」

驚愕する大人たちに囲まれる中、怪我が治った少年は呆然とした様子で両膝に手をやった。

そして、ひとしきり膝を撫で回した後、何が起こったのか理解できていない様子で、私を見上げてきた。

「聖女様、怪我が治りました……」

目をまん丸にして、事実をそのまま報告してくる少年に、私はにこりと微笑みかける。

「まあ、よかったわ！　いつもは失敗するのだけど、今日は上手くいったようね」

少年が笑い返してくれることを期待して、見習い聖女の役割を演じてみたけれど、彼は目を丸くしたまま私を見上げるばかりだった。

そのため、では代わりにと、周りに集まった人々に笑いかけたけれど、こちらも驚いた表情を浮かべるばかりで、誰一人笑い返してくれることも、軽口を叩いてくれることもなかった。

あ、あれ？　傷を治すまでは楽しそうにしていたのに、どういうわけか笑顔が消えてしまったわ。

私のパフォーマンスはイマイチだったのかしら。

だとしたら、私には何が悪かったのか分からないから、師匠に頼るしかないわね、とセルリアンを振り返ると、自分の役割に従って口を開く。

「さすが、相棒の聖獣ちゃんね☆　おかげで、素晴らしい『聖水』ができたわよ！」

咄嗟に『回復薬』のことを『聖水』と口にしたけれど、声に出した途端、私は天才じゃないかしらと思う。

いいことを考えたわ！　この水は『回復薬』ではなく、『聖水』と言い張ることにしよう。

そうすれば、何が起こっても『聖水だから』で片付けられる気がするもの。

自分の閃きににこにこしながら、セルリアンに視線を移したけれど、彼は目と口を大きく開いたまま硬直していて、返事ができる状態には見えなかった。

……うーん、セルリアンはちょこちょこと、自分の役どころを忘れるわよね。

ここは、自分が水に与えた効果が上手く効いた、と得意気な表情を浮かべる場面じゃないかしら。

よくこれで、今まで道化師としてやってこられたわね。

そう考えながら、私は合わせた両手を高く掲げると、考えるかのように首を傾げた。

……こうなったら仕方がない。

見物人から笑顔が消えてしまったため、私のパフォーマンスに不備があるのかもしれないけれど、セルリアンはアドバイスできる状態じゃないみたいだから、私が思うままにやり切るしかないわ！

「あれー、聖水が余っちゃったわ！　これはどうすればいいかしら？」

私はそう口にすると、集まってきた人々に顔を向ける。

「こんにちはー、聖女です！　何かお困りごとはありませんか？」

すると、人々ははっとしたように目を瞬かせた。

けれど、どうやら慎み深い人々のようで、期待した表情を浮かべながらも、怪我や病気を申し出てくる人は一人もいなかった。

そのため、私はぐるりと全員を見回す。

眠そうな人や、疲れている人は見たら分かるように、怪我をしている人や病気の人も見たら分かるのよね、……たとえ服で隠していたり、平気な振りをしていたりしたとしてもね、と考えながら。

けれど、広場に集まるくらいの元気がある者たちだったためか、重篤な病気や怪我をしている者は一人も見当たらなかった。

まあ、みんな健康だなんて、とってもいいことだわ！

「よかった！　みんな、健康みたい。だったら、全員に聖水をおすそ分けするわね！」

そう言うと、私は空に向かって大きく両手を振り上げた。

すると、私の手の中にあったとっておきの回復薬が、きらきらと輝きながら辺り一面に飛び散っていく。

私の突然の行動に、誰もがびっくりした様子を見せたけれど、すぐに我に返ると、少しでも水滴を拾おうと手を伸ばした。

そんな彼らの上に、緑色の回復薬は平等に、少しずつ降り注がれていく。

そのため、皆の体に回復薬がかかったのだけれど、人々はその水を手に取ると、それぞれ不調だと思う体の部位に自ら塗り込んでいった。

元気だと言っても、誰だって大なり小なり体に不調があるはずだ。

それは腰が痛かったり、足がしびれていたりと様々だろうけれど、いつの間にか不調の状態が当たり前になっていて、その状態で何とか過ごしていくものだ。

けれど、もしもそれらの不調が消えてなくなったら、すごく快適に過ごせるだろう。

「ふふふー、ユニコーンちゃんに作ってもらった、とっておきの聖水をみんなに分けてあげたわ！　これで、みんなはものすごーく元気になったわよー☆」

そう言うと、私は皆に向かって笑みを浮かべた。

私が作った回復薬は即効性だし、塗布用にしたから、すぐに効き目が表れるはずだ。

だから、誰もが笑顔になって、それにてパフォーマンスが終了することを期待したのだけれど
……

「は？」

「なっ！」

「う、嘘だろう!?」

皆は次々に驚きの声を上げたものの、その中に笑みを浮かべている人は一人もいなかった。

それどころか、誰もが自分の体をさすりながら、険しい表情を浮かべている。

そして、その表情のまま、回復した体調について、競うように言い合いを始めた。

「ど……どういうことだ？　オレはずっと指が2本動かなかったんだ！　それなのに、自由に動くぞ!?」

「オレだって、ずっと片足が痺れていたのに、叩いたら痛みがある！　痛覚が戻るなんて、あり得るか!?」

「私もずっと……」

そして、回復した体調についての言い合いが一段落した途端、今度は回復薬の話を始める。

「と、ところで、あの水は何だったんだ？　回復薬ならば透明のはずだよな!?」

「ああ、そう聞いている。しかも、回復薬は口から飲むものだし、回復時に激痛を伴うと聞くぞ。高価過ぎて使ったことはないから、真実かどうかは分からないが」

「そうだ、回復薬は高価だから、こんなに簡単に作れるはずも、使えるはずもない！　第一、あの聖女様が材料にしたのは、そこらに生えていた草と噴水の水だよな？　そんなどこにでもあるもので、回復薬はできないだろ⁉」

　わいわいと皆で疑問をぶつけ合っていたけれど、残念ながら、誰一人答えを導き出せる者はいなかった。

　にもかかわらず、人々は疑問を吐き出したことで、すっきりした様子を見せ始める。

　そして、時間の経過とともに体調の改善が実感できたようで、いつしかその顔に笑みが浮かび始めた。

「ははっ、何にしてもすげーよな！　動かなかった指が動くようになったんだから！」

「聖女様と道化師が仕掛けたトリックのおかげだろうから、この状態が長く続くとは思えねーが、一時的にしてもすっげー快適だな‼」

「あああ、まっすぐ歩けるって気持ちいー」

　どんどんと騒めきが大きくなる様子を見て、ドリーが慌てて声を掛けてくる。

「ちょっと、フィーア、大変な騒ぎになったわよ！　一体、どうするつもり？」

　そんなドリーに対して、私は立派な弟子として胸を張る。

「ふっふっふ、少し騒がしくはあるけれど、皆さん笑顔になってきたわよね！　だから、私は正しくなんちゃって聖女を務められたんじゃないかしら？」

　すると、ドリーは詰まった声を出した。

「うっ、た、確かに元々はそういう話だったけど、でも、フィーアはやり過ぎよ！　それに、そもそもあんたが披露した聖女様は、あたしとセルリアンが想定していた姿と全く違うのよ！　これじゃあ本当に、夢と理想が詰まった完璧なる聖女様じゃないの!!　ああ、もう、どうやって収拾をつければいいのよ」

動揺した様子を見せるドリーに向かって、私はこてりと首を傾げる。

「道化師の目的は皆を笑顔にすることよね？　誰もが笑顔になって、目的が達成できたのだから、幕を引けばいいだけじゃないの？」

「フィーアったら、簡単に言ってくれるけどね……」

ドリーはさらに言い募ろうとしたけれど、私はその手を握ると、すたすたと前に進み出た。

案ずるより産むが易し、との言葉があるように、行動してみれば何とかなるのよねと思いながら。

私は人々を意識して、普段より大きめの声を出す。

「まあ、ツァーツィーちゃん！　驚くほど効果のある聖水ができたと驚いていたけれど、全ての怪我や病を治すツァーツィーちゃんが、力を貸してくれていたのね!!」

私の声を聞いた人々は、はっとした様子で話を止めると、一言も聞き漏らすまいとするかのように、熱心に耳をそばだててきた。

その様子を見て、パフォーマンスを始める前と今では皆の真剣さが全然違うから、これはやっぱり、私たちの演技に魅了されたってことじゃないかしらと考える。

一方、皆に注目されたことに気付いたドリーは、一瞬にしてよそ行きの表情を浮かべた。

「ふふふん、当然だわ！　何たってあたしは、世界で最も美しい『幻の鳥』だもの！　滅多にない癒しの力くらい持っているわよ」

そう言いながら、私に流し目を送ってくる。

その板についた姿を目にし、まあ、ドリーの方がセルリアンよりも道化師に向いているんじゃないかしらと感心した。

そのため、ドリーに向かってにこやかに頷くと、今度は空いている方の手でセルリアンの手を握る。

「だったら、ユニコーンちゃんも力を貸してくれたことだし、この聖水の効果は長時間保つのかしら？」

その言葉とともにセルリアンの顔を覗き込むと、彼は考え込むような表情を浮かべた。

「それは皆の心根次第だよ。僕は聖獣だから、心が綺麗な人に惹かれるんだ。優しくて、親切な人が相手ならば、与えた効果を長引かせようと思うかもしれないな」

「なーるーほーどー！　優しい人には、優しい効果がながーく続くってことね！　うふふふー、分かったわ。私もできるだけ皆に優しくするわね！」

そう言うと、私は集まった人々をぐるりと見回す。

それから、セルリアン、ドリーとつないだ手を高く持ち上げた。

「皆さん、聖水の効果は優しい人に長く効くので、周りの人に優しくしてくださいねー！　それでは、最後までお付き合いいただきありがとうございました！　今日は、聖獣ユニコーンちゃんと、幻の鳥ツァーツィーちゃん、それから、聖女の３人でお送りしましたー。機会があったら、再びお会いしましょう。またねー☆」

そう終了の挨拶をすると、私たちは手をつないだまま、３人で大きく礼をする。

すると、一瞬の静寂の後、辺り一帯に割れんばかりの大きな拍手が鳴り響いた。

顔を上げると、誰もが興奮した様子で手を叩いている。

「すっげーよ！　こんな見世物、初めて見た!!」

「ああ、今まで見た中でサイコーだったな!!」

そして、そんな称賛の声を掛けてくれた。

嬉しくなって手を振ると、子どもたちだけでなく、その場にいる全員が大きく手を振り返してくれる。

「聖女様ー、ありがとー!!」

「聖女様ー、あんた本物だったよー！　指が動くようになるなんて、マジで奇跡だよ!!　いい人でいるから、できるだけ効果を長引かせてくれよな!!」

「聖女様ー、また来てねー!!」

そして、誰もが大声でお礼を言ってくれたのだけど、そんな彼らの全員が笑顔だった。

そのため、私はもちろんのこと、ドリーとセルリアンまでもが笑顔になる。

「さよーならー!!」

「……またくるわね」

「ああ、……またいつか」

私たち3人は大きく手を振り返すと、皆の笑顔と拍手に包まれながら、広場から退場していった。

そんな風に、誰もが笑顔のまま、私の聖女デビューはつつがなく終了したのだった。

……うふふ、大成功じゃないかしら？

そして、広場を後にしてから数分後。

パフォーマンスを披露した人々から十分離れた場所まで来ると、セルリアンとドリーは足を止めた。

それから、よろよろとレンガ造りの建物の壁にもたれかかり、疲れ果てた声を出す。

「……お、終わった」

「し、心底、疲れたわ！」

そこはメインストリートから一本入った場所になる、人通りの少ない一角だったためか、2人は周りを気にすることなく壁に背中をあずけると、はーはーと荒い息を吐いた。

その様子を見て、まあ、観客たちは元気にできたけれど、道化師の方が疲労困憊になっているじゃないのとびっくりする。

けれど、しばらく見守っていると、2人の呼吸が落ち着いてきたので、大丈夫そうねと安心した。

「2人とも、大丈夫？　すごく疲れているみたいよ」

「だ、誰のせいだと思っているんだ！」

心配して声を掛けた私に対し、苦情を言いながら睨み付けてきたセルリアンを見て、まあ、ご機嫌が悪いわねと思う。

セルリアンのセリフから推測するに、彼から見た私の演技はまだまだで、私のパフォーマンス中ははらはらし通しだったから、疲れ果てたってことかしら。

たとえそうだとしても、初めから及第点が取れるわけはないのだから、広い心で見守ってほしいわよね。

そう考えながら、私は2人に問いかける。

「それは、私の聖女役がイマイチだったということかしら？　でも、これでも私はできる限り頑張ったのよ。ところで、後学のために教えてほしいのだけど、私の聖女パフォーマンスの出来は何点だったのかしら？」

するとと、2人は顔をしかめ、聞いてはいけないことを聞いたな、とでもいうかのような表情を浮かべた。

そのため、私は『えっ、それほどひどい出来だったのかしら』と驚きながら、答えを待って2人を見つめる。

そんな私を、2人はしばらくの間、無言で見つめ返していたけれど、沈黙に耐えられなくなったのかドリーが口を開いた。

「えっ、何点って、それはどう考えてもまん」

「ドリー！　そんなに簡単に合格させたら、フィーアは僕たちのもとから去ってしまうぞ！」

せっかくドリーが点数を言いかけたのに、セルリアンが制止の声を入れてしまう。

そのため、ドリーははっとしたように目を見開くと、不自然に口を閉じた。

「えっ、言いかけたのなら、言い切ってしまえばいいのに！」

私は不満を漏らすと、ドリーの言葉について考える。

「まん……まん……これは点数ではないわね。だとすると、まん……と言えば、あっ、『まんざらでもない』？」

そう口にしながらちらりとドリーを見たけれど、彼は表情を変えなかったので、これは違うわねと他の候補について考える。

「まん……『満喫した』？　『満足した』？　『万人に受ける内容だったわよ』？」

いくつもそれらしき言葉を口にしたのに、ドリーの表情は変わらず、最後は気を取り直したらしい彼から勢いよく答えを言われた。

「どれもハズレよ！　正解は、『慢心してはいけない』だわ！」

「えええっ！」

褒められるとばかり思っていたのに、釘を刺されるような回答が返ってきたためがっかりしているると、ドリーが慌てて両手を振った。

「あっ！　あたしの言い方が悪かったわ！　フィーアの聖女様はすごくよかったわよ！　ものすごくよかったからこそ、慢心しないでねってことだから」

「そうなの？」

俯いていた顔を上げると、ドリーは大きく首を縦に振る。

「そうよー！　ねえ、セルリアンもそう思うでしょ？」

すると、セルリアンは複雑そうな表情を浮かべた。

「よかったというか……それどころではなく、最後の方は、皆の目にフィーアしか見えてなかったんじゃないか？　３人で並んでいたのに、誰もが『聖女様』『聖女様』と、聖女にしか注目していなかったからな。もしかして僕は誰からも見えていないんじゃないだろうか、と心配になったほどだ」

セルリアンの感想を聞いたドリーは、納得した様子を見せる。

「そうねー、セルリアンは背が低いから、そういうこともあり得るわね。だけど、皆からその場にいないように扱われたのはあたしも同じだわ。そして、あたしの場合はどう考えればいいのかしら？　一番背が高いし、一番派手だったのに、やっぱり誰にも注目されなかったんだから!!」

そう言い返してきたドリーに対し、セルリアンは困った様子で大きく首を傾げた。

「うーん」

けれど、どうやらドリーはその返事が気に入らなかったようだ。

なぜならドリーはセルリアンの背が低いため、皆から見えなかったのだろうとフォローを入れたのに、一方のセルリアンは何も思いつかなかったのか、うーんと唸るだけだったのだから。

そのため、ドリーは腹立たし気に長い髪を後ろに払う。

「ちょっと、沈黙と言う形で、消極的に肯定するのは止めてちょうだい！　ああ、もうあたし、フィーアの師匠でいることに自信がなくなってきたわ！」

けれど、これっぽっちのことで師匠を辞められては私が困るため、ドリーに慰めの声を掛ける。

「まあまあ、ドリー師匠。元気を出して！　私が誰でも元気になる、とっておきのダンスを見せてあげるから」

ふと前世で好評だった踊りを思い出したため、披露しようと後ろに下がったけれど、運悪くその場に樽の山が積んであったため、背中がぶつかる。

「あっ！」

その反動で前に転びそうになったけれど、すんでのところで後ろから2本の腕が伸びてきて、その腕の主に支えられた。

そのため、お礼を言おうと笑顔で振り返ったけれど、その笑顔が驚きで固まってしまう。

「えっ？」

なぜなら、私を両手で支えていたのはカーティス団長だったからだ。

驚いて瞬きを繰り返してみたけれど、何度確認しても、目の前に立っているのはカーティス団長だった。

「えっ、ど、どうしてカーティスがいるの？」

カーティス団長は今日、国王の警護をしているはずだ。

それどころか、国王警護の責任者だったはずで、それなのにどうして王の警護もせずに、こんなところにいるのだろう。

驚いて問いかけると、カーティス団長は生真面目な表情で口を開いた。

「フィー様がセルリアンの護衛に就かれたため、シリルが本日の騎士たちの配備を見直し、再編成を行いました。その結果、私が追加でこちらに伺うことになりました」

「ええっ!?」

ま、まって、まって、どういうこと。

私がセルリアンの護衛に就いたから、彼の護衛は元々の予定より1人少なくなる形で編成され直されると思っていたのに、どうして新たに騎士が投入されるのかしら？　しかも、一騎当千の騎士団長が??

「えっ、シリル団長は私をマイナス人員としてカウントしているのかしら⁉」

まさか、まさかね。そう思いながらカーティスに質問したけれど、なぜか無言のまま返事をしてくれなかった。

そして、私のすぐ後ろにはセルリアンとドリーがいて、彼らにも私の声は聞こえていたはずだけれど……2人ともカーティス同様に、無言のままで返事をしてくれなかった。

49　危機との遭遇1

シリル団長からマイナスカウントされたことを、何て酷い話だと思ったけれど、よく考えたら、今日の私は騎士らしいことを全くしていなかった。

というか、そもそも十分な働きができるような格好をしていなかった。

なぜなら「衣装に合わない」とドリーに言われたため、王城に剣を置いてきたのだから。

そして、腰に剣を佩いていない聖女姿をシリル団長に見られていたので、――何事においてもそつのないシリル団長が、帯剣していない状態を見逃すとも思えないので、今日の私に限って言えば、マイナスカウントされても仕方がないと考えを改める。

ううーん、つまり、シリル団長にはカーティス団長を投入する正当な理由があったというわけね。

そう考えを修正すると、私はふうとため息をついた。

「疲れたわ」

シリル団長は私がセルリアンとドリーと出掛けることに賛成していない様子だったので、戻ったら根掘り葉掘り質問されるかもしれないと思い至り、どっと疲れを感じたのだ。

ああ、シリル団長のことを思い出したことで、楽しくない未来まで想像してしまったわ。

そうがっくりしながら、私は首にかけていた聖石のネックレスを外す。

ネックレスはずっしりと重かったため、首にかけていることが疲労の一因だと気付いたからだ。

無造作に手に持っていると、ドリーが手を伸ばしてきて受け取り、持ってくれた。

それから、ドリーはネックレスを手でもてあそびながら、しみじみとした声を出す。

「フィーア、あたしは今日、あんたから色々と学ばされたわ。この聖石は、戦場で騎士たちを救うことができる貴重なものだから、こんな場所でおいそれと使うもんじゃないとあたしは言ったけど……それは、あたしが無意識のうちに、戦場にいる騎士たちの方が、ここにいる人々よりも価値が高いと考えていたからこそ出た言葉だったのよ」

「えっ」

突然どうしたのかしらと戸惑っていると、ドリーはさらに言葉を続けた。

「でも、あたしにそんなことを決める権利なんてなかったのだわ。今日、人々の屈託ない笑顔を見て、そのことに気付かされたの。今後ずっと、体に痛むところがなく、快適な状態で過ごせるとしたら、それはとっても幸せなことだわ。それを他のものと比較して、上とか下とか言えるわけがなかったのよ」

ドリーはネックレスに視線を落としたまま、目を瞬かせる。

「そして、多分、３００年前の大聖女様ならば、そのような区別をなさらなかったはずよ。どのような方であれ、等しく治癒されたのだから。だから……フィーア、あんたの行動の方が、聖女様の本質を捉えているわ」

「ええと」

前世の私を引き合いに出されたため、何と答えたものかしらと考えあぐねていると、まだ話の途中だったドリーが、「えっ⁉」と驚いたような呟きを漏らした。

先ほどからドリーは、顔を上げて話をするのが恥ずかしいのか、手に持ったネックレスをしきりに触りながら話をしていたのだけど、今やその装飾品に目が釘付けになっている。

どうしたのかしら、と思っていると、ドリーは信じられないとばかりに目を見開いた。

「フィ、フィーア、あんたはさっき、とんでもない回復薬を作ったわよね？　でも……一つ一つ全ての石を確認したけど、このネックレスに使われている聖石は全部重いわよ！　えっ、あれだけの回復魔法を発動させておいて、石には魔力が込められたまんまって、そんなことがあり得るのかしら⁉」

「あっ！」

まあ、ドリーったら、大雑把そうに見せかけておいて、話をするついでに何てことを確認したのかしら。

そう言われてみれば、元々の作戦を忘れて、聖石に込められた魔力を使うのを忘れていた。

ああ、確かにドリーの言う通り、石の魔力を使えば石が軽くなって、持って帰るのが楽だったのに！

　そうがっかりしながらも、私は笑みを浮かべると、お決まりとなったセリフを口にする。

「ふふふー、私はタネも仕掛けもある聖女だからね。そして、師匠相手にも手の内を明かさない弟子だから言わないわ」

「ちょっと、フィーア！　あんた、毎度、毎度、そのセリフで言い逃れができると思わないでちょうだい！」

　そう言いながら、ドリーが詰め寄ってきたけれど、カーティス団長がさっと間に割って入る。

　有能極まりない前世の護衛騎士は、どうやら私たちの会話から、ある程度の状況を把握したようだ。

「フィー様にタネも仕掛けもあるとして、側近くで見ていたにもかかわらず、一切見抜けないのであれば、それは道化師失格だ！　そもそも一時的だとしても、至尊なるフィー様の師匠であるとしたら、弟子にタネを明かせと詰め寄ること自体が恥ずべき行為だ！」

　カーティス団長のきっぱりとした態度を前に、ドリーは驚いた様子で目を見張った。

「えっ、カーティス？　あんた、そんな性格だったかしら？」

　その言葉から、どうやらドリーとカーティス団長は、以前からの知り合いらしいと理解する。

　けれど、そうだとしたら、サザランドに行く前と戻って来た後では、カーティス団長の性格は全く異なっているので、別人のようだと驚かれるのは仕方がないことだろう。

いずれにしても、カーティス団長は王国が誇る騎士団長だから、ドリーがオルコット公爵だということを知っているはずだし、礼儀正しく接するはずだ。

と、そう考えた私の予想を悪く裏切る形で、カーティス団長はドリーをばっさりと切り捨てた。

「私の性格を把握されるほど、道化師と親しくなった覚えはない！」

そのため、一瞬にして険悪な状態となった2人を前に、私は頭を抱える。

うーん、以前の優しい文官のようだったカーティス団長と比較すると、今のカーティス団長は極悪非道に見えるんじゃないかしら。

そして、実際にドリーは私の予想通りの印象を受けたようで、腹立たし気に言い返した。

「まあ、生意気ねー！　だったら、カーティスはフィーアのタネと仕掛けが見破れるのかしら？」

ドリーの好戦的な言葉に対して、カーティス団長が馬鹿にしたような表情を見せたため、ドリーが鼻白む。

「な、何よ！」

けれど、カーティス団長は全く動じる様子もなく、淡々と言葉を続けた。

「私ごときが、フィー様の手の内を見破れるはずもない。そのため、フィー様がご自分を聖女様だと言われるのであれば、本物の聖女様だと信じて従うだけだ」

「えっ！　ちょっとフィーア、あんたはいつの間にこの騎士団長を誑（たぶら）かしたのよ！　私が知っているのはサザランドに派遣される前のカーティスだけど、こんな性格じゃなかったわよ！　なのに、いつの間にか、あんたを盲信しているじゃないの!!　一体、どうなっているの!?」

「いや、それは」

誑かしたとかの話ではなく、前世の護衛騎士時代の名残なのよね。

カノープスは私の専属騎士だったため、その時分の行動規範であった、『理由は一切考えず、ただ私を守ること』が体に染み付いているのだ。

とはいえ、前世の彼はもう少し普通だったので、３００年の間にタガが外れて、いつの間にか立派な常識外れの騎士になっているようだけど。

「ええと、そうね。時間が経てば、人は変わるってことじゃないかしら?」

当たり障りのない返事をすると、黙っているべきカーティス団長が口を開いた。

「フィー様、少なくとも私は、時間が経過しただけでは変化しません。あなた様との出会いが私を変えたのです」

「…………」

カーティス、話がややこしくなるから、ここは正確を期さなくていい場面だわ。

そう思っている間に、カーティス団長はドリーからネックレスを取り上げ、丁寧な手付きで私に差し出してきた。

……ええと、ドリーに取り上げられたわけではなく、預けていただけなのだけど。

でも、聖石に込められた魔力は残ったままだとドリーに見抜かれたことだし、私が持っていた方がよさそうね、と考えながら再び首にかける。

　すると、やっぱりずしりと重みを感じたので、うーん、早々にこの石の魔力を使い果たすような場面はないものかしら、ときょろきょろと辺りを見回していると、「王様だ！」という声が耳に入ってきた。

　えっ、どういうことかしら、と思って声のした方に視線をやると、子どもたちがはしゃいだ様子で走ってくるのが目に入る。

　それから、子どもたちは嬉しそうに周りの人々に伝え始めた。

「もうそこまで、王様がいらっしゃっているよ！」

「ぴかぴかの王様が、たくさんの騎士たちを引き連れているわ！」

　そこで初めて、『そうだった！』と思い出す。

　そういえば、今日の私は元々、国王の護衛をする予定だったため、王のスケジュールを共有していたのだけれど、視察の一環で、街の一角を回ることになっていたのだった。

　メインストリートに視線をやると、道の両脇には既にびっしりと人々が並んでいる。

　まあ、偶然にもこの通りを訪問される予定だったのね、と驚いたけれど、次の瞬間、ふと嫌な予感を覚える。

　あれ、ちょっと待って。

　国王の警護責任者はカーティス団長だったはずだけど、その彼がここにいるということは、一体誰が責任者を務めているのかしら。

相手は（影武者とはいえ）国王だから、責任者に就ける人は限られているはずよね……

知りたくないと思いながらも、予想が当たっていたら速やかに逃げなければならないと考え、恐る恐る人だかりを見つめる。

すると、人々の中心には、太陽の光に髪を煌めかせている、きらっきらのローレンス国王が見えた。

ああ、本当に王様がいらっしゃったわと考えながら、少し視線をずらしてみると――悪い予想通り、国王の後ろには、白い騎士服を着用した長身の騎士が立っていた。

「やっ、やっぱりシリル団長！」

見慣れた姿を目にした私の口から、危険人物を目にした者特有の警告の声が漏れる。

私が上げた鋭い声からも分かるように、ここは皆で逃げ出す場面だというのに、危機管理能力が低いドリーは楽しそうな声を上げた。

「あら、バルフォア公爵もいるじゃないの！」

明らかに面白がっている様子だけれど、ドリー自身がオルコット公爵なのだ。

そして、シリル団長はサザランド公爵なわけだし……

国王陛下に三大公爵が揃い踏みなんて、カードが強過ぎて、悪い予感しかしないわね！

◇　◇　◇

これはまずい、最強のカードが揃ってしまったわ、と一歩後ろに下がったところで、セルリアンから腕を摑まれた。

それから、邪気のない様子で提案される。

「どうした、フィーア？　せっかくだから、シリルたちに挨拶していこうよ」

「ほほほ、セルリアンったらおかしなことを言うのね。私たちはただの道化師なのよ。おいそれと筆頭騎士団長様と口が利けるはずもないわ」

「……今度は、何を企んでいるんだ？」

私の発言内容はセルリアンにとって予想外だったようで、彼からじとりと見つめられたけれど、もちろん何も企んではいない。

それどころか、全力で危険から回避しようとしているのだから、私の言う通りにしてほしいと心から思う。

それなのに、「何も企んでないのならば行けるよね」とセルリアンに手を取られ、メインストリートに連れていかれてしまった。

ドリーもにこやかな表情で後を付いてくるし、この２人の危機管理能力には大いに問題があるようだ。

あるいは、王様と公爵だけあって、私が危険と思うような案件も、些末事だと考えているのだろうか。

……まあ、いいわ。どのみち、既にたくさんの人々が集まっているのだから、人だかりの後ろにいたとしても見えはしないだろうし。

そう考えながら人だかりの最後列に並んでいると、私の前に立っていた女性が驚いたような声を上げた。

「まあ、聖女様じゃないですか！」

えっ、と思って顔を向けると、周りにいた人々も興奮した様子で言葉を続ける。

「本当だ、聖女様じゃないか！　あんた、すげぇな！　『聖水』を浴びてから結構な時間が経っているのに、まだ指が動くんだ!!　ああ、ほら、せっかくそんな可愛らしい衣装を着ているんだから、こんな後ろにいないで、前に出て王様に挨拶しないと!!」

「そうだよ！　ちょっと、聖女様がいらっしゃったよ！　場所を空けとくれ!!」

「え、いや、本当にお構いなく……」

全力で拒否したけれど、人々の善意のおかげで、気が付いた時には最前列に立たされていた。

「えっ、どうしてこんなことに!?」

茫然として呟くと、状況を正確には把握していないはずのカーティス団長が、私の隣で誇らし気に胸を張る。

「もちろんフィー様のご威光に、誰もが胸打たれた結果です！」

「………………」

　実際の場面に居合わせていないにもかかわらず、先ほどのドリーとの会話に加え、私が『聖女様』と呼ばれたことから、ある程度のことを推測したのだろう。

　恐るべきことに、カーティス団長は真実からそう遠くない答えを口にしていた。

　くう、そんな有能さはちっとも求めていないのに！

　そして、それ以上に、私がこの場所に立つことを求めていないのに……と思っていると、いつの間にかローレンス王が目の前に来ていた。

　仕方がないので、大勢に紛れてやり過ごそうと、控えめな表情を浮かべていたけれど、王は放っておいてほしい私の気持ちを無視すると、興味深げに私の全身を見回した。

「おや、これは可愛らしい聖女だね」

　国王の影武者に選ばれるくらいだから、ローレンス王が有能であることは間違いない。

　そのため、私が先日面談を行った騎士であることを見抜いているだろうに、分かったうえで声を掛けてくるなんて、ちょっと茶目っ気があり過ぎじゃないだろうか。

　そう思いながら、王に対して不敬にならないよう、愛想笑いを浮かべる。

　それから、ちらりと王の後ろに視線をやると、バルフォア公爵がぽかんと口を開けて立っていた。

　そうよね。バルフォア公爵はずっと王にくっついていたので、私がセルリアンとドリーに弟子入りしたことを知らないのよね。

そのため、突然、派手な聖女の衣装を身に着けて、この2人とともに現れた私を目にした公爵は、何をやっているんだ、と驚いているのだろう。

そう納得しながら、怖いもの見たさでもう一度、今度はバルフォア公爵の後ろに視線をやると、シリル団長が目を見開いて私を凝視していた。

「ひっ！」

恐怖のあまり、後ろに下がろうとしたけれど、人々がみっちり集まっているため、下がる場所がない。

進退窮まった状況ではあったものの、シリル団長が注目しているものを見極めようと、その視線を辿ると、私が首にかけているネックレスにひたりと視線が定められていた。

「ひいっ、しまった！」

人々にとってはぴかぴかと輝くただのネックレスだけど、シリル団長はこの石の真価が分かる数少ない人物の1人だった。

まずい、まずいと思いながらも、何とかして誤魔化さなければと頭を働かせ、一度ネックレスを指差した後、手を横にぶんぶんと振る。

『違う、違いますよ。この聖石の魔力は使っていませんよー』

そんな風に必死で訴えたというのに、どういうわけか、私の周りにいた人々が私の自慢を始めてしまう。

「王様、この聖女様はすごいんですよ！　この聖女様のおかげで、長年動かなかったオレの指が動くようになったんですから!!」

「あたしだって、ずっと背中が痛くて、杖を突きながらしか歩けなかったのに、聖女様のおかげで背中が伸びたんです!!　見てください、20歳若返りました」

「や、やめて……」

　これ以上シリル団長を刺激しないでほしいと願いながら、弱々しく制止の声を上げたけれど、誰も取り合ってくれない。

　それどころか、さらに私を売り込み始めた。

「聞かれましたか、王様！　この聖女様はこんな風に謙虚で、ちっとも自分の偉業をひけらかさないんですよ！　今だって一番後ろから、王様の御姿を見ようとしていたんですから、控えめもいいところです!!」

　ごめんなさい。すみません。本当に止めてください。

　シリル団長は警護業務の真っ最中にもかかわらず、全力で皆さんの会話に集中しているし、どんどん表情が強張っていっていますから。

　そして、どういうわけか、団長の片手が剣の柄に掛かっていますから、私の安全のために、私を褒めるのを今すぐ止めてください！

もちろんシリル団長に剣を抜く気はないのだろうけれど、剣の柄で私の頭を小突こうくらいには考えているかもしれない。

これは本当にまずいと思った私は、セルリアンとドリーに罪を擦り付けることにする。

そのため、目の前に立つローレンス王に向かって、普段より大きな声を出した。

「お初にお目にかかります、王様！　皆様からお褒めいただいて光栄ですけど、私は見習いに過ぎません！　ここにいる馬の道化師と、鳥の道化師に言われるがまま、パフォーマンスを披露しただけです!!　私の意思で行ったものではないので、成果も責任もこの2人のものです!!」

すかさず両隣から、「だから馬じゃないって言っているだろう！」「あたしだって、ただの鳥じゃないわよ！」と苦情の声が上がったけれど、それらの回答が本質からズレていたのでほっと胸を撫で下ろす。

あ、この2人が思っていた以上にぽんこつで助かったわ。

これなら何とか今日を生き延びられそう、と安堵のため息をついたところで、いつの間にか近寄ってきていたバルフォア公爵が口を開いた。

「陛下、この2人の道化師は王城で見たことがありますが、聖女様は初めて目にしました。見習いとのことですが、この2人と組んでいるのであれば、どのようなことができるのか興味がありますね。どうでしょう、王城に招いて、その芸を披露してもらうのは？」

「へっ？」

何を考えているのか、バルフォァ公爵がとんでもないことを言い出した。

そのため、「いや、それは、いや、いや」と大きく首を横に振っていると、音もなくシリル団長が近付いてきて、バルフォァ公爵に反論する。

「それはいい考えとは思いませんね。聖女様がニューフェイスであれば、今はまだ試行錯誤をしている段階でしょう。役どころすら定まっていない可能性がありますから……こちらの聖女様は、今日は聖女様ですが、明日は騎士かもしれませんよ」

「ひはっ」

騎士業務に就いている時はいつだって、シリル団長は背景に徹しているのに、どういうわけかがっつり会話に加わってきている。

しかも、私に対する皮肉を利かせた言葉を、これでもかとセレクトしている。

これは耐えられない、助けてください、とローレンス王を見つめると、彼は「うーん、バルフォァ公爵とサザランド公爵の、どちらの意見を聞き入れたものかねぇ」と楽しそうに微笑んでいた。
ダ、ダメだ！
この場に最強カードが揃っているのは間違いないけれど、みんな力の使い方を間違っている。

なぜならどういうわけか、全員がなんちゃって聖女をからかうことに、力を全振りしているのだから。

ああ、力と時間の無駄遣いだわ!!

……と、がくりと項垂れたけれど、この頃になると、皆の意図を何となく理解できていた。

つまり、ローレンス王はセルリアンの影武者だから、どこまでも彼の意向に従おうとするはずだ。

そのため、聴衆の最前列に並んでいるセルリアンを見つけた王は、彼が何かを伝えたがっているかもしれないと考え、その一派である私に声を掛けてきたのだろう。

そして、本日の視察の目的の1つは、民衆の王に対する好感度を上げることなので、皆から好意的に受け入れられている私に気付いたバルフォア公爵が、私を手厚く扱うことで王の好感度を上げようとしたのだろう。

問題は、それらの全てを分かっていながら、バルフォア公爵の発言を打ち返してきたシリル団長なのだけれど、……聖女姿で好き勝手をしている私にお怒りに見えるけれど、……ほほほ、読み違いよね。

そう希望的観測を抱きながら、ちらりとシリル団長を見ると、団長は目を細めてこちらを見ていた。

「ひぃいいっ！」

ダメだ、ダメだ。

全く読み間違っていないわ。あの表情は間違いなく怒っていらっしゃる。

これはしばらくシリル団長に近付かないようにしなければ！　と、決意している間に、ローレンス王はセルリアンに対して「いつも皆を楽しませているようだね」と、ねぎらいの言葉をかけていた。

　それから、王は民衆と二言三言、言葉を交わすと、元々の予定通り、数軒先のお店に入って行った。

　あっ、よかった。取りあえず助かったわ！　と安堵していると、どういうわけかぴたりと護衛対象にくっついているべきシリル団長がこちらに近付いてきた。

　何のつもりかしらと息を詰めていると、シリル団長は笑顔のまま口を開く。

「こんにちは、可愛らしい聖女様。そのネックレスはとても素敵ですね。幸運にも、もう一度お会いできる機会がありましたら、ゆっくり話をさせてくださいね」

「ひいいっ！」

　筆頭騎士団長様の完全なる説教の予告に、私は全身を恐怖に包まれたのだけれど、裏の言葉を読み取れない皆は、嬉しそうな声を上げた。

「あれまあ！　白い騎士服の団長様が、聖女様に興味を持たれたようだよ!!」

「分かるなー、確かに可愛らしい聖女様だからな！　はは、良かったな、聖女様！　ぜひもう一度お会いして、しっかり売り込んでくるんだぞ!!」

「そ、その売り込みは、ちっともいい結果を生まないように思うから、遠慮しようかしら……」

　シリル団長を見つめたまま、引きつった笑みを浮かべてそう囁いたけれど、団長は綺麗な笑みを浮かべたまま踵を返すと、王が入ったお店に続けて入店していった。

そのため、目の前からシリル団長は消えていなくなったのだけれど、……どういうわけか危機的状況が先延ばしになった気持ちになっただけで、助かったとは全く思えなかった。

◇　◇　◇

「カ、カーティス！」

シリル団長の説教予告を受け、背筋が凍り付いた私は、元護衛騎士に助けを求めた。

「シ、シリル団長が私とゆっくり話をしたいって言っていたわ!!」

もちろんカーティス団長は私の隣にいて、全ての話を聞いていたのだけれど、この後、私にどれほど悲惨な出来事が待っているのかを正しく理解してほしくて、もう一度説明してしまう。

すると、カーティス団長は分かっているとばかりに頷いた。

「シリルの希望は当然のことです。彼が聖女姿のフィー様を目にしたのはわずかな時間でしたが、その短い時間の中ですら、民衆がフィー様にどれほど心酔しているかを読み取ることができたはずですから。あなた様の偉大な功績について、詳細に尋ねたいのでしょう」

「えっ!?」

カーティス団長と私の認識は合っている。

私が聖石を使って何をしたのかをシリル団長は知りたがっていて、そのことについて聞き取りをするのだろうと予想していることは一致している。

一致していないのは、私がその未来に絶望を感じているのに対して、カーティス団長はとっても素晴らしい未来だと認識していることだ。

シリル団長はものすごく有能だけれど、今回はその有能さがしつこい尋問という形で表れるだろう。

つまり、全く歓迎できない事態が待ち構えているというのに、どうしてカーティス団長は未来に希望を持って、楽しそうな笑みを浮かべているのかしら。

そう不思議に思っていると、カーティス団長は嬉しそうに言葉を続けた。

「フィー様の偉大なお力の全てが、聖石のおかげになってしまうのは業腹ですが、それでも、あなた様が人々に対して何を成したかは正しくシリルに伝わるでしょう。少なくとも、あなた様が誰をも救いたかったという、その尊きご心情をシリルは理解するはずです」

「えーと」

薄々思っていたのだけれど、カーティス団長は一人で地道に、私の好感度アップ作戦を行っているんじゃないかしら。

私が聖女であることを隠したがっていることは知っていて、協力してくれているのだけれど、一方で、私が何らかの形で称賛されることを望んでいるように思えるのよね。

けれど、私自身は称賛されたいなんて思っていないから、これは一度、はっきりと言っておいた方がいいわね！

「カーティス、私は褒められるようなことは何もやっていないからね！」

するると、予想通りすかさず言い返される。

「そう思われているのは、あなた様だけです」

「いや、もちろん私だけではなくて」

「何度も！　何度も！　私はあなた様に救われました！　救われる側の気持ちは、救われた者でなければ理解できません!!」

「………今日はここまでにしておきましょう」

聖女姿の私が人々に何をしたかを正しく把握してもいないのに、そして、過去の自分の出来事を持ち出してきてまで、きっぱりと言い切るカーティス団長の姿を見て、これはダメだと即座に白旗を上げる。

私は大概のことは治癒できる聖女だけれど、カーティス団長は治せそうにないわ。

でも、未来の私はもっと偉大な聖女になっていて、カーティス団長を治せるかもしれないから、未来に希望をつないでおきましょう。

そう考えた私は、今この場での説得を諦めることにした。

そのため、国王が通り過ぎたことで散り散りになっていった人々に合わせて、セルリアンやドリーとともにその場を離れていたところ、ドリーが疲れた声を出した。

「あー、もう、あたしは疲れたわ！　美味しいごはんとお酒がないと、これ以上動けそうにないから、食事に行きましょうよ」

するとセルリアンが被り物の耳をぴんと引っ張る。

「だが、この格好で入れる店は限られるぞ。サヴィスから面談の埋め合わせに、フィーアに馳走するように言われていたから、それなりの場所に連れて行かないと怒られる」

「えっ、セルリアンがご馳走してくれるの？　だったら、心配しないで！　私はびっくりするくらい食べるから、量でカバーするわ。それに、カーティスもいるから、彼はたくさん食べるわよ！」

そんな風に盛り上がっていると、突然、後ろから声を掛けられた。

「もし、聖女のお嬢さん！」

「はい？」

声がした方を振り返ると、仕立ての良さそうな服を着た男性が帽子を手に持って佇んでいた。

その後ろには、お付きの者らしき男性が2人立っている。

「突然、お声掛けしてすみません！　大変、不躾な申し出かと思いますが、どうか、どうか私の娘を救ってもらえないでしょうか!!」

男性はぎゅっと帽子を握りしめると、深く頭を下げてきた。

「え……っと」

突然の話に戸惑っていると、ドリーが顔を近付けてきて小声で囁く。

「あれはペイズ伯爵よ。そして、伯爵の娘は聖女様のはずだわ。だから……」

「えっ、聖女様！」

だったら、私のお仲間じゃないの。

「分かったわ！　お手伝いするわ」

即座にそう返事をしたけれど、間髪をいれずにドリーから反対の声が上がる。

「ちょっと、フィーア！　そうじゃないでしょう!?」

「そうだよ、フィーア。これから僕らは食事に行くんじゃないか」

ドリーだけではなくセルリアンにまで反対されたわと思った途端、それぞれから右腕と左腕を取られた。

「えっ、あの、どこへ」

2人から強引にどこかへ連れていかれそうになったので、慌てて尋ねると、揃った声で答えられる。

「「だから、食事に行くんだよ!!」」

「えっ、突然、どうしたの？」

王様と公爵だけあって、これまでの2人の物腰は柔らかで、有無を言わさず実力行使に出られたことは一度もなかったのに、今は私を引きずっているわよ……と、思ったけれど、そんな行動も長くは続かなかった。

なぜなら伯爵の随行者2人が素早く進行方向に回り込んで、目の前に立ちふさがったからだ。

けれど、その行為はセルリアンを苛立たせたようで、彼は2人をねめつけると尖った声を出す。

「これから僕たちは食事に行くんだから、邪魔しないでくれない？　見ての通り、ただの道化師一座だ。聖女だってタネと仕掛けがあるんだから、本物の怪我や病気は治せないよ！」

しかし、伯爵の側近らしい2人は冷静な声を上げた。

「後ろにいる騎士様は白い騎士服にサッシュを着用されていますので、騎士団長ですよね。わざわざ騎士団長様が護衛に付くということは、本物の聖女様ではないのでしょうか？」

「本日、国王陛下は視察の一環で中央教会をご訪問されました。そのため、明日にでも新たな筆頭聖女の選定についての告知が行われるのではないかとの噂が流れております。そちらの女性は、選定会の開催に合わせて、王都に出てこられた聖女様ではないのでしょうか。恐らく、筆頭聖女様の有力候補の方であらせられますね」

「えっ、もちろん違うわ！　私が聖女に見えたのは、タネと仕掛けがあったからよ」

もっともらしいことを言われたので、セルリアンの言葉の繰り返しだわと思いながらも、もう一度同じ説明を行う。

すると、最初に声を掛けてきた伯爵が口を開いた。

「名乗るのが遅くなりましたが、伯爵位を賜っておりますペイズと申します。僭越ながら、私は王城にも教会にも、それなりに伝手がありますので、筆頭聖女の選定に関してお役に立てるかと存じます」

それは明らかな交渉の言葉だった。

『筆頭聖女の選定に関して便宜を図るので、伯爵の娘を治してくれ』との。

「まっさかー、あたしたちのこともよく分からないようじゃあ、ぜんっぜん王城に食い込んでいないから、役に立てるはずもないわよね！」

ドリーは馬鹿にしたような声を出すと、ばさりと長い髪を後ろに払った。

「それに、伯爵ごときで、あたしたちに恩に売ろうって態度が気に入らないわよねー。助けてほしい娘ってのも聖女様でしょうから、自分で治せばいいじゃない。それができないのならば、色々と伝手があるみたいだから、道化師なんかに声を掛けないで、立派な聖女様を探してきたらどうかしら？」

ドリーの態度がこれまで見たこともないほど辛辣だったので、ペイズ伯爵と確執があるのかしらと首を傾げる。

あるいは、ドリーは聖女を嫌っているので、『聖女を治癒する』という状況に腹立たしさを覚えているのかもしれない。

いずれにしても、ドリーの態度は酷過ぎるけれど。

と考えたのは私だけではなかったようで、伯爵は無言ながらも不快そうに顔を歪めていたし、側近の2人は「道化師ごときが無礼な！」「口を慎め！」と警告の声を上げていた。

けれど、ドリーは王城の中で、多くの人を馬鹿にし続けている宮廷道化師なのだ。

相手を見下すような無礼な態度を取ることは、得意中の得意事だろう。

それを証するように、ドリーは不快そうな3人を全く意に介することなく、挑発するような表情を浮かべた。

「ちょっと頼んだだけで、簡単に救ってもらえると思わないでちょうだい！　万能の聖女様なんて、どこにもいやしないのよ」

睨み合うドリーと伯爵一派を見て、一体どうしたのかしらと首を傾げる。

ドリーはいつだって飄々としていて、全てを俯瞰しているような態度だったのに、今回ばかりは地上に降りてきて伯爵と対決している。

ドリーが大事にしている部分に伯爵が踏み入ったのかしら、と考えながらセルリアンを見ると、こちらも不愉快そうな表情で伯爵を睨み付けていた。

なるほど。ドリーとセルリアンの2人ともに不愉快さを覚えているということは、それなりの理由があるのだろう。

だから、2人の気持ちを尊重したくはあるけれど……

「ええと、お言葉を返すようだけど、私は聖女じゃないの。だから、筆頭聖女の選定会にも出ることはないわ。先ほども言った通り、タネも仕掛けもある、人々を笑顔にするための聖女なのよ。それでもよければ、ご一緒するわ」

そう伯爵に向かって返事をすると、誰よりも早くドリーが反対の声を上げた。

「フィーア、あんたが付いていく必要はないわよ！」

そのため、私はドリーに向かって小首を傾げる。

「ドリー、私たちは人々を笑顔にするためにいるのよね。だとしたら、まずは話を聞いてみないと。そうしたら、何かできることがあるかもしれないわ」

ドリーは咄嗟に反論しかけたものの、すぐに思い直したようで、苦虫を噛み潰したような表情を浮かべた。

「……道化師の心意気を問うなんて、あんたって本当に、攻めどころを分かっているわよね！」

「これでも有能な弟子だもの」

得意気に言い返すと、すかさず反論された。

「いや、今のは褒めてないからね！」

ドリーの言葉はいつも通りだったけれど、口調は普段より強めに思われたため、やっぱり何か気に入らないことがあるんだわと思う。

伯爵に案内されてしばらく歩くと、伯爵家の紋章が付いた馬車が待機場に止めてあった。

伯爵家の3人と、セルリアン、ドリー、カーティス、私の7人全員が目の前の馬車に乗るのは、サイズ的に難しそうだったので、伯爵の従者2人は辻馬車を拾うことで話がまとまる。

けれど、いざ伯爵家の馬車に乗り込んでみると、思ったよりも狭かったので、セルリアンとドリーはカーティスに対して、『辻馬車に乗れ！』とばかりに強めの視線を送り始めた。

まあ、国王と公爵から明らかな圧力を掛けられてしまったわ。一体どうするつもりかしら、とカーティスを見ていたところ、予想通り彼は丸っと無視したため思わず呟く。

「セルリアンが誰だか分かっていながら、こんな態度を取るなんて、カーティスは大したものだわ！」

それは小さな声だったけれど、当のセルリアンに聞き取られたようで、呆れた様子で返された。

「他の者ならまだしも、フィーアにそれを言われてもね！」

それから、ぷいっと顔を逸らされたので、まあ、ドリーに続いてセルリアンも機嫌が悪いようね、と目を丸くする。

どうやら2人ともに、私が伯爵の要望をきっぱりと断らなかったことが気に入らないようだ。

けれど、そうは言いながらも、私を心配して付いてくるところが、この2人の人の好さなのだろう。

そう考えて笑みを浮かべていると、2人から「顔が緩み過ぎじゃないの」「フィーアは平和よねぇ」と憎まれ口を叩かれた。

……人は好いんだけれど、口が悪いことがこの2人の問題のようだ。

さて、しばらくの後、到着した伯爵家のタウンハウスは立派なものだった。

王都に建てられているにもかかわらず、門から館まで一定の距離があるし、庭もきちんと手入れがされている。

そのため、「まあ、立派なお宅ね！」と感心した声を上げると、ドリーが馬鹿にした様子で口を開いた。

「王城の半分の半分の半分の半分の半分以下だわ！」

その通りではあるのだけれど、王城と比べたらどのお家でも粗末に見えるわよね、と呆れた気持ちになる。

けれど、一方では、『オルコット公爵家と比べたら』と言い出さない辺り、まだドリーには理性が残っているようねと胸を撫で下ろした。

その後、館に入るとすぐに、私たち4人は応接室に通された。

先ほど別れた従者2人は、既に伯爵邸に着いていたようで、伯爵がソファに座ると同時に、その後ろに立つ。

一方、私とセルリアン、ドリーはテーブルを挟んで伯爵と向かい合せのソファに座り、その後ろにカーティスが立った。

初めに口を開いたのはセルリアンだった。

子どもの道化師姿で脚を組み、腕を組んだ生意気な姿で、伯爵に向かって無礼な口をきく。

「先ほども言ったが、僕らはこれから食事にいく予定なんだ。話があるのなら、手短にしてくれ」

相変わらず不遜な態度を崩さないセルリアンを見て、どうやら王様モードのようだわと思う。

けれど、『無礼な道化師』と考えると、彼の言動に全く違和感がないので、王様と道化師は似通った職業かもしれない、と心の中で考える。

もちろん口に出したら100倍くらい言い返されそうなので、思うだけに留めておくけれど。

セルリアンの言葉を聞いた伯爵と従者2人は、不快そうな表情を浮かべたけれど、年齢相応の冷静さを身に付けているようで、少年道化師の行儀の悪さに触れることなく、私に向き直った。

「聖女様、私には娘が1人おりまして、その子は聖女です。生まれつき体が弱かったのですが、先週から突然体調が悪くなり、ここ数日はろくに寝台から起き上がれない有様なのです」

それは大変だわと返事をしようとしたけれど、それよりも早くドリーが口を開く。

「まあ、それはお気の毒ね！　だけど、見ず知らずのあたしたちじゃあ力になれるはずもないわ。さっきも言ったけど、病人本人が聖女様なら自分で治せばいいし、色々と伝手がある伯爵家ならば、道化師一座ではなくてもっと立派な聖女様を探せばいいわよね！　それとも、こーんな家に住んでおきながら、この家は貧乏なのかしら？」

ドリーったら何てことを言うのかしら、と諫(いさ)めようとしたけれど、それより早くセルリアンが同調する。

「ドリー、貴族ってのは見栄だけで生きているんだから、貧乏だったとしても、『はい、そうです』と答えるもんか。だが、道化師風情に頼むのだから、貧しいうえに、何の伝手も持っていないことは明白だ。さらに、このような頼みごとをしてくるのだから、厚顔無恥でもあるはずだ」

えっ、どうしてこの2人はいちいち喧嘩腰なのかしら、と驚いて目を見張る。

けれど、腹立たしさを抑えきれない様子の2人を見て、何かがおかしいと首を傾げた。

確かに2人とも自由気ままではあるけれど、嫌味を言うにしてももっと婉曲に行うはずだし、直接的に人を傷つけるような発言はこれまでしたことがなかったからだ。

一体何がこの2人を苛立たせているのかしら、と考えている間に、ペイズ伯爵が我慢の限界にきたようで、イライラとした声を上げた。

「いくら頭の弱い道化師と言えど、少々言葉が過ぎるのではないか？　発言の意味も、その影響度も理解していないからこその言葉だろうが、それにしても目に余る！」

えっ、伯爵が正面から文句を言ってきたわよ。

もちろんこの2人の態度が悪いのは間違いないけれど、伯爵はお願い事をしている立場だから、どれほど腹立たしい態度を取られたとしても、大人しく我慢してくれるだろうと希望的観測を抱いていたのに外れてしまった。

まずいわ、セルリアンとドリーは文句を言われて我慢するようなタイプじゃないはずよ。何とかしないと……

「あっあー、そうなのよね！　道化師ちゃん２人は口が悪いのよね！　でも、人は好くってね……」

その場を取りなそうと、大きめの声を出したけれど、ドリーからさらに大きな声を出され、言葉を被せられる。

「はん、本性を現したわね！　あんたみたいなタイプは、自分だけが大事なのよ！　あるいは、家族も辛うじて大事にしているのかしら？　いずれにしても、交渉は決裂ね！　あたしたちは帰るわよ!!」

ドリーはそう言って立ち上がると、馬鹿にした様子で顎を突き出した。

その様子を見て、これはダメだと彼の両腕をがしりと摑む。

「ド、ドリー！　子どもの喧嘩じゃないんだから、止めてちょうだい！」

というか、誰か止めてちょうだい。

通常であれば、一人が熱くなると、もう一人は冷静になるものだけれど……、と期待を込めてセルリアンを振り返ったけれど、彼は挑むような表情を浮かべていた。

「はっ、僕は頭が弱い道化師かもしれないが、自分の発言の意味くらい理解している！　そして、分かったうえで、あんたがやっていることはどうしようもなく恥知らずなことだって言っているんだよ！　それとも、10年前の出来事を忘れたのか!?」

ダメだわ、こちらも冷静さとは程遠いわと思ったけれど、彼の発した単語に引っ掛かりを覚える。

「10年前？」

そんな昔から、セルリアンとドリーはペイズ伯爵と知り合いだったのかしら。

もちろん、国王と公爵としての関わりだろうけれど。

と、そう考えている間にも、黙り込む伯爵に対してセルリアンがさらに畳み掛ける。

「まさか忘れたとは言わせないぞ！　先ほど、ドリーが発したセリフと同じものが、10年前のオルコット公爵に対して投げつけられた場面を！『聖女ならば、自分で治せばいい』とな！　それができなかったからこそ、オルコット公爵が必死に頼んでいたことは明らかだったのに……僕はあの場にいたし、同じくあの場面に居合わせていたあんたの顔も覚えている！　しかし、あの時、あんたは一言だって口を差し挟まなかったじゃないか!!」

「えっ、10年前に居合わせた!?」

子ども姿のセルリアンを見て、10年前は赤ちゃんだったのじゃないかしら、と咄嗟に思ったけれど、すぐにその頃のセルリアンは19歳の姿をしていたことを思い出す。

それから、セルリアンが話しているのは、10年前に亡くなったというオルコット公爵の妹さんの話じゃないかしら、と思い当たった。

そのため、はっとしてドリーを振り仰ぐと、彼は厳しい表情を浮かべていた。

その表情から、ドリーもセルリアンと同じように、10年前の出来事を思い出しているようだと推測する。

私の推測を肯定するかのように、ドリーは激しい調子で言葉を発した。

「その通りよ！　つまり、聖女ならば自分で治せばいい、って意見に全面的に同意していたんでしょう!?　あるいは、他人事だからどうでもいいと思っていたのかしら。いずれにしても、同じことが自分の身に降りかかったくらいで、意見をひっくり返さないでちょうだい!!」

腹立たし気な様子でソファから立ち上がり、今にも帰ろうとしているセルリアンとドリーを前に、私は心底困っていた。

なぜなら話を聞きかじっただけでも2人の怒りはもっともで、その気持ちを尊重すべきだと思ったからだ。

けれど、それ以上に、ベッドに臥せている伯爵の娘をこのままにしていくことはできないと思う。

そのため、心を落ち着かせるためにも2人には伯爵邸から帰ってもらい、私だけがこの場に残るのはどうかしら……と考えながらちらりと2人を見やる。

……いや、無理そうね。

2人は怒り心頭に発しているから、このままでは私も一緒に連れて帰られそうだわ。

セルリアンとドリーの表情からそう判断した私は、助けを求めてカーティス団長に視線をやる。少々荒っぽくはあるけれど、カーティス団長の腕力に訴えてもらい、２人から私を引き離してもらおうと考えたのだ。

すると、カーティス団長は私の真意を確認しようとでもいうかのように、じっと見つめてきた。

そのため、私は私のことを誰よりもよく分かっているであろう元護衛騎士に頷いてみせる。

『ええ、カーティス、あなたの推測通りよ！　これはもう、話し合いで解決するのは無理だわ！　けれど、伯爵の娘をこのままにはできないから、私からセルリアンとドリーを力ずくで引き離してちょうだい！』

私の心の声を正確に拾った様子のカーティス団長は、理解したとばかりに頷くと、一歩前に進み出た……けれど、予想に反して、セルリアンとドリーに向かって腕を伸ばすことなく、伯爵に向かって口を開いた。はて。

「ペイズ伯爵、確認だが、あなたの望みはここで、道化師相手に喧嘩をすることか？　そうであれば、私たちを呼んだこと自体が間違いだったな。何か手助けできることがあればと考えてご尊宅に伺ったが、直ぐにお暇しよう」

カーティス団長の声は穏やかだったけれど、いきなりの最後通牒であることは誰の目にも明らかだった。

そのため、えっ、私は帰りたくないのだけど、と驚いてカーティス団長を見上げると、同じようにペイズ伯爵が顔を上げ、焦った声を出した。

「い、いや、それは困ります！」

そんな風に伯爵は咄嗟に否定したのだけれど、それ以上言葉を続けることができない様子で口を噤む。

カーティス団長の言葉で、娘を助けたいという本来の目的は思い出したけれど、現状を把握できていないため、下手に言葉を発せられないようだ。

けれど、それも仕方がないことだろう。

伯爵側の話は聞いていないため、正確なところは分からないけれど、セルリアン、ドリー、伯爵の反応から推測するに、10年前、オルコット公爵とペイズ伯爵の間に大きな確執が生じたことは、間違いないように思われたからだ。

目の前の相手がまさか公爵本人だとは気付いていないだろうけれど、公爵家相手の案件であれば、慎重に対応しなければならないことは理解しているはずだ。

そんな伯爵にとって、10年前の出来事を知る2人は、身構える存在に違いない。

なぜなら当時、現場にいたのはローレンス国王とオルコット公爵だろうから、セルリアンとドリーが当時のことを知っているのは、第三者から話を聞いたからだと伯爵は推測しているはずだ。

そして、先ほど、セルリアンは『10年前の場面に居合わせた』と発言したけれど、現時点で10歳程度の彼の言葉を伯爵は信じていないだろう。

そのため、一体誰が話を漏らして、この2人は何者なのだと、ペイズ伯爵は怪しんでいるはずだ。

不明な点が多過ぎるので、伯爵は慎重にならざるを得ないに違いない、と考える私の目の前で、カーティス団長はさらに言葉を続けた。

「私は騎士団長の職位にある。そして、本日の護衛対象はこの2人の道化師たちだ。彼らは宮廷道化師であり、護衛が必要な者だと私の上司が判断したからだ」

カーティス団長の言葉を聞いたペイズ伯爵は、ぎくりと体を強張らせた。

「えっ、騎士団長の上司の方がですか!?」

王国の騎士団長の上司にあたる者は限られている。

伯爵が誰を想像したにせよ、それは超上位者のはずで、そのため、彼は表情を引き締めた。

それから、伯爵は無言のまま何かを考えている様子だったけれど、数瞬の後、セルリアンとドリーと対立するのは得策ではない、と考えを改めたようだ。

そのため、伯爵は自分を律するようにぐっと奥歯を噛み締めると、セルリアンとドリーに対して頭を下げたけれど、その礼は、私が見ても分かるほどに丁寧なものだった。

「道化師様方、大変失礼しました。娘が長い間臥せておりましたので、気が立っていたようです。無礼な態度を取りましたこと、どうかご容赦ください」

そんな伯爵の態度を見て、すごいわねと感心する。

そもそも、伯爵と道化師を比較した場合、身分的には伯爵の方が何倍も上で、道化師自体が人々から笑われる存在なのだけれど、騎士団長が護衛に付く宮廷道化師となれば話が違ってくる。

なぜならそれは、道化師が王のお気に入りであるというはっきりした印であり、道化師がぺちゃくちゃとしゃべる話を、王が耳にする機会が多々あるということだからだ。

そのため、たとえ相手が普段見下しているような道化師であっても、それなりの対応をするのが正解なのだけれど……振り切って、ここまで下手に出るのは、貴族の対応として驚くべきものがあるわ、と目を見張る。

多分、10年前の事案がよく分からない形で横たわっているので、下手に出ることにしたのだろうけれど、それにしても伯爵の態度は潔過ぎる。

私はそうびっくりしたのだけれど、ドリーは全く異なる印象を受けたようで、白けた表情を浮かべた。

「はあんっ、見苦しいまでの手のひら返しね！　ほんっとに貴族って、こういうところがあるのよね～。自分より大きな権力の影に気付いた途端、急にぺこぺこし出すの。喧嘩をするなら最後までやればいいのに、権力にすり寄って床に這いつくばるなんて、みっともないことこのうえないわね!!」

そんなドリーに対して、銀のスプーンを咥えて生まれてきた生粋の王様が、さらに火に油を注ぐ発言をする。

「ドリー、そのこと自体は見逃してやれ。それが貴族の恥ずべき生き方だ。彼らはそんな風に物乞いもどきの言動をすることで、現在まで生き残ってきたのだから、それ以外の生き方を知らないのさ」

振り上げた拳を収めた伯爵に対して、執拗に馬鹿にし続ける2人は、10年もの間、収まらない怒りを抱え続けてきたのだろうな、と何とも言えない気持ちになる。

ドリーは妹を亡くしたオルコット公爵本人だし、セルリアンは側近である公爵を大事に思っているため、同じように許せない怒りを抱いているのだろう。

多分、この2人がその気になれば、伯爵家自体を揺さぶることも簡単だろうに、口喧嘩の範囲で応戦していること自体が、ものすごく自制心を働かせているに違いない。

一方、ペイズ伯爵は色々と損得を考えて行動しているにしても、彼が言動を改めた一因に、床に臥せた娘の存在があることは間違いないだろう。

きっと、本気で娘のことを想っているのだ。

いずれにしても、せっかく伯爵が大人の対応をしてくれたのだからチャンスだわ、と私はここで話に割り込むことにする。

「ええと、日も暮れてきたわね。初めてのお宅で長居をするわけにもいかないので、そろそろお暇しようかと思うのだけれど、その前に、伯爵家の聖女様にご挨拶することはできるかしら？」

すると、ペイズ伯爵は話が進んだことにほっとした様子を見せ、すぐに娘の私室に案内すると言って立ち上がった。

「娘は寝台から起き出すことも叶わないため、お手数をお掛けしますが、私室までご一緒いただけるでしょうか」

先ほどの話では、伯爵の娘は先週から突然、体調が悪くなったとのことだった。

今はどんな状態かしらと心配になりながら、伯爵の娘の私室に向かう。

セルリアンとドリーはどうするのかしら、と黙って様子を見ていると、2人は少し考えた後、私たちに付いてきた。

何だかんだで人が好い2人だから、このまま放ってはおけないのだろうな、と考えながら案内された部屋に入る。

聖女の部屋は日当たりのいい場所にあり、侍女が1人控えていたことからも、伯爵が娘を大事にしていることが見て取れた。

扉口近くで立ち止まっていると、伯爵は躊躇いなくベッドの枕元に近付いていき、横になっている娘に声を掛ける。

「起きていたか。今日はお客様を連れてきたよ」

促されて枕元に近付くと、20歳前後の茶色い髪の女性が青白い顔で横たわっていた。

彼女は私を見ると目を見張り、力なく微笑む。

「まあ、赤い髪の聖女様ね。はじめまして、ペイズ伯爵の娘のエステルです」

発された声は弱々しく、エステルが弱っていることは説明されなくとも理解できた。

「こんにちは、フィーアです。今日は道化師の2人と騎士団長と一緒に来たのよ」

少しでも楽しい気分になってもらいたいと、道化師一座の一員らしく明るい声を出すと、エステルは興味深そうに部屋の中を見回した。

それから、セルリアンとドリー、カーティス団長に気付くと目を見張る。

「まあ、色鮮やかで見ているだけで楽しくなる衣装ですね。それから、騎士団長様の白い騎士服はご立派ですわ」

そう言って小さく微笑む彼女を見て、気遣いのできる方だわと思う。

私とともに彼女の部屋を訪れた3人に興味があったことは確かだろうけれど、私が3人を紹介したため、わざわざ彼らについてコメントしたのだろう。

そして、3人ともに枕元に近付きもしないし、挨拶もしないという酷い対応にもかかわらず、不愉快さを表すことなく、むしろ彼らの無礼さが際立たないようにと、敢えて彼女自身も自己紹介をしなかったのだ。

うーん、いい人じゃないの。

そう思いながら、ちらりとセルリアンとドリーに視線をやると、彼らは今にも倒れ込みそうなほど真っ青な顔をしていた。

「えっ、ど、どうしたの？」

　一瞬にして真っ青になった2人を見て、驚いた声を上げると、セルリアンとドリーは無言のまま緩く首を横に振った。

「……気にしないでくれ」

　そう言ったセルリアンの顔からは完全に血の気が引いていたため、心配になって近寄っていく。

「いや、もちろん気にするわよ！　まあ、近くで見ると、2人とも酷い顔色よ」

　けれど、セルリアンはゆっくりと片手を上げると、小さく横に振った。

「大丈夫だ、原因は分かっている。僕とドリーは……傷病者恐怖症なんだ」

「しょ、傷病者恐怖症!?」

　初めて聞く単語に驚きの声を上げながらドリーを見ると、彼はよろりとよろめき、後ろの壁に背中を預けた。

　その姿は、どうみても大丈夫ではなかったのだけれど、ドリーは気丈にも顔を上げると、微笑らしきものを浮かべる。

「そう、珍しい恐怖症だから気にしないでちょうだい。理由も理屈もなく、寝台に横たわる傷病者を見ると恐怖を感じるだけだから。しかも、20歳くらいの女性を目にすると症状が最も大きく出るから、今日は運が悪かったみたいね。……ああ、吐きそう」

そう言いながら、ドリーはずるずると体を下に滑らせると、ぺたりと床の上に座り込んだ。

その姿を見て、彼自身も紙のような顔色をしたセルリアンが、力付けるために声を掛ける。

「ドリー、耐えろ！　そして、よく見ろ。彼女の髪は茶色であって、青銀色ではない。大丈夫だ、僕たちが彼女の最期に直面することは二度とない」

けれど、そんなセルリアンの声はどんどん小さくなっていき、彼自身もよろよろと力なく腰を落とすと、膝を抱え込む姿勢で蹲った。

立つこともままならない様子の2人を見て、すごく心配になったけれど、セルリアンはもう一度心配するなとばかりに弱々しく片手を振る。

「僕らは本当に大丈夫だ。というよりも、心配してくれるのならば、早く用事を終わらせてくれ。今日、君を連れ出したのは僕だから、君の安全に責任がある。そのため、僕の体調がどれだけ悪かろうとも、君を置いて部屋を出るつもりはないからな」

まあ、セルリアンは子どもなのに紳士なのね。

そう感心した私は、急いで枕元まで取って返すと、エステルを見下ろした。

……さて、どうしたものかしら。

見たところ、取り急ぎ命の危険はなさそうだから、軽く回復させておいて、後日、シャーロットかプリシラに治しに来てもらうのはどうかしら。

そう考えていると、エステルはごほごほと苦しそうに咳き込み出した。

控えていた侍女が慌ててエステルの上半身を抱き起すと、彼女の口元に綺麗な白い布をあてがう。

その間もエステルは苦しげな様子で咳をし続け、喀血した。

白い布が鮮血で染まっていく様子を見て、私は先ほどの考えを投げ捨てる。

エステルはこれほど苦しんでいるのに、なぜ私は、今できることを先送りにしようと考えたのかしら。

そう反省すると、咳が治まり、ぜーこぜーこと苦し気な呼吸をしているエステルに近付いていく。

それから、彼女の片手を取ると、エステルははっとした様子で目を見張った。

「フィ……フィーア様、私から離れてください。この病は人から人にうつります。どうか……」

苦し気な呼吸の間に、私を気遣う言葉を発するエステルに向かって、私は穏やかに微笑む。

「大丈夫よ。ほら、私のお友達は浄化と解毒を司るユニコーンちゃんと、全ての病を治すツァーツィーちゃんだから。あの2人が一緒にいてくれる限り、私は無敵なのよ」

そう言うと、私は身をかがめて、彼女の額にくっつくほど顔を近付けた。

それから、握った手に少しだけ力を込める。

「エステル、目をすこーしだけ細めてちょうだい。あなたは聖女だから、自分で治すのよ」

私の言葉を聞いたエステルは、驚いた様子で目を見張った。

「あの、フィーア様……わ、私は聖女ではありますが、それほど力が強いわけではなく……」

「そうだとしても、あなたの体のことはあなたが一番よく分かっているでしょう。だから、あなたになるできるはずよ」

　静かな声でそう諭すと、エステルは自信がなさそうな表情で私を見つめてきた。

　そんな彼女に対して自信満々に頷くと、私はもう一度同じことを繰り返す。

「大丈夫、あなたならできるわ。それに、今はユニコーンちゃんとツァーツィーちゃんが一緒にいてくれるから無敵なのよ」

　派手な衣装を着た、明らかに道化師然とした2人を褒めたことがおかしかったのか、エステルは小さく笑った。

「そうですね、ユニコーンさんとツァーツィーさんに無敵の力があるのなら、聖女である私にも力があると信じてみるべきですね」

　そう言うと、エステルは素直に目を細めた。

　そのため、私は彼女の両手を胸元まで持ち上げると、それらをぎゅっと握りしめる。

「ねえ、エステル、目を細めて視界が狭くなっても、どこに体があって、どこに足があるかは分かるでしょう？　そのまま自分の体をぐるっと見回してみてちょうだい。何か他と違っているところはないかしら？」

　エステルはゆっくりと首を巡らせていたけれど、しばらくすると申し訳なさそうな声を出した。

「……私には分かりません」

　うーん、自分の体だとしても、初めての場合は難しいかもしれないわね。

そう考え、彼女にもはっきり分かるようにと、胸元と背中部分に輝きを追加する。

簡単に言うと、それは回復時に現れるエフェクトを黒っぽくしたような光だったため、エステルにも馴染みがあるもののはずよ……と考えていると、彼女ははっと息を呑んだ。

それから、恐る恐る声を出す。

「あっ、……も、もしかしたら見えるかもしれません！　胸元とお腹です」

惜しいわね。

「うーん、体は立体だからね。それはお腹ではなくて背中ではないかしら」

私がそう訂正していると、壁際では道化師の2人組がことさら大きな声で私語をしていた。

「あれー、気分が悪くなり過ぎて朦朧としてきたのかしら。あたしにもあの娘の体が黒く光っているのが見えるわよー」

「奇遇だな。僕にも見えるぞ。確かに胸と背中だな」

……どうやら加減を間違えたらしい。

おかしいわ、エステルにしか感じ取れないような光にしたつもりなのに……私の精神の安定のために、あの2人の視力がよ過ぎることにしておこう。

そう自分の中で整理すると、私はエステルに向かって声を掛ける。

「だったら、その部分に回復魔法をかけてみましょうか。ほら、怪我をした時は、怪我をした部分に対して魔法をかけるでしょう？　病気の時はどの部分が悪いか分からないから、体全体に対して魔法をかけるわよね。そのため、本来の必要量の何倍もの魔力が必要になっていたのよ」

　私の言葉を聞いたエステルは、ぱちりと大きく目を開けると、納得した様子で頷いた。

「まあ、言われてみればその通りですね」

　素直に頷くエステルとは異なり、壁際では私の忠実なる元護衛騎士が独り言を呟く。

「もちろんその通りではあるが、身に秘めた魔力量が破格に多い場合は、そのような操作は不要となるはずだ」

　ほほほ、カーティスったら一体何を仄めかしているのかしら、と考えた私は、当然のこととして彼の言葉を丸っと無視した。

「だから、悪い部分はどこかしらとまず探してみて、その部分に対して魔法を集中してかけると、より少ない魔力でも対応できるんじゃないかしら」

　そうアドバイスをすると、エステルは小さく頷いた。

「やってみます」

　それから、エステルは自分の胸元に向けて両手を広げると、ゆっくりと呪文を口にする。

「体に満ちたる聖なる力よ。どうか我が病を治したまえ。『回復』」

　その言葉とともにエステルの手から魔法が放出されたけれど……

「ん？」

　私は思わず小さく呟いてしまった。

運のいいことに、エステルは回復魔法の発動に一生懸命なようで、私の呟きは聞こえなかったみたいだけれど……え、これはどうしたらいいのかしら？

エステルの魔法を発出する出口がものすごく狭くて、びっくりするほどちょっとずつしか出てきていない。

ああ、もしかしたら魔力放出口が狭い聖女も、一定数いるのかもしれないわね。

だから、以前、『星降の森』に行った時、聖女たちが騎士を回復させるのにたくさんの時間がかかったのだわ、と遅まきながら納得したけれど……それよりまずは、目の前のことから片付けないといけないと考え、エステルに手を伸ばす。

私は彼女の両手の上に私の両手を重ねると、ぐっと魔力放出の出口を広げた。

「えっ？　えええええ……！」

その途端、エステルが大きな声を上げる。

「まあ、エステルったら大きな声が出せるのね」

初めて聞く彼女の大声に感心していたけれど、エステルは涙目になって私を見つめてきた。

「どどどうしましょう!?　魔力が突然、大量に体から出ていき始めましたわ！　これではすぐに、空っぽになってしまいます!!」

「えっ？」

私が広げた大きさは常識的な範囲だし、これくらいの放出量で、そんなわずかな時間で空っぽになるはずは……

「あるわね。まあ、本当だわ」

どうやらエステルの魔力量は、思っていたより何倍も少なかったようだ。

もしかしたらしばらく寝込んでいたため、そのことが影響しているのかもしれない。

「エステルは病気だったからかしら。じゃあ、奇跡の存在であるユニコーンちゃんとツァーツィーちゃんのお友達である私が、お手伝いするわね」

本物の聖女であると悟られないよう、しつこいくらいユニコーンとツァーツィーの知り合いであることを強調する。

それから、私はさり気なくエステルに重ねていた手を離すと、彼女の体から少し離した部分で構えた。

「回復」

すると、私の言葉に呼応して、手から魔法が放出される。

結果……

「えっ？」

エステルの病気は瞬きほどの時間で治ってしまい、そのことを理解した彼女は、びっくりした様子で目を見開いた。

エステルにかけた魔法で褒められるところがあるとすれば、発光エフェクトを抑えたことだろう。

魔法発動時には自然に光が発生するものだけれど、その光を意図的に消したので、回復魔法を見慣れた人は……エステルのような聖女は、私は魔法を発動させていないと判断するのじゃないだろうか。

「回復」と『核なる言葉』は口にしたけれど、呪文部分は省略したので……そして、通常、他の聖女たちは省略しないものなので、私が口にしたのはおまじないのようなものでしかなく、エステルが自分自身の力で病気を治したと思ってもらえるといいなと期待する。

私は作り物の笑みを浮かべると、目を丸くしているエステルに向かい合った。

「どうかした、エステル？　もしかしてすこ――しだけ体調がよくなったのかしら？」

私は本物の聖女じゃないので、治癒されたかどうかも分かりませんよーとのスタンスで、とぼけた調子で尋ねてみる。

すると、エステルは狐につままれたような表情を浮かべた。

「えっ、ええと……はい、すっかりよくなりました。私は聖女なので、何となく病気や怪我の程度が分かるのですが、本当に丸っと、跡形もなく病気が消えてなくなりました」

不思議そうな表情を浮かべ、何が起こったかを理解していない様子でエステルがそう口にする。

そのため、私は無邪気な様子で両手を叩いた。

「わー、すごいわ！　ユニコーンちゃんとツァーツィーちゃんと一緒だから、すごい力が発動したのね!!　私もちょっとだけ『応援する』というお手伝いをしたけれど、病気自体はエステルが治したんだわ」

嬉しそうに拍手をし続けていると、エステルはぼんやりと私の方に顔を向け……それから、大粒の涙をぽろぽろと零し始めた。

「えっ!?」

そのため、私は驚いて彼女の全身を見回す。

「あれっ、どこか痛いところでもあるのかしら？　見たところ、胸も背中も治っているし、他に悪いところは見当たらないけれど」

おろおろと彼女を見つめると、エステルは首を横に振った。

「フィーア様、どこも痛いところはありませんわ」

そう答える間にも、新たな涙が零れ落ちていく。

「で、でも、涙が……」

「ええ、すみません。胸が詰まったような心地がして、涙が止まらないんです」

エステルの言葉にぎょっとして、彼女の胸元を見やる。

「えっ、胸が？　……でも、胸は治ったはずだけど……」

「はい、病魔は全て祓っていただきましたわ。代わりに、温かい光が胸の中に流れ込んできて、その光があまりに心地よくて、涙が止まらないんです」

「ええと」

つまり、病気は治ったということでいいのかしら、と考えながらぱちぱちと瞬きをする。

すると、エステルはそんな私を見つめ、涙をぽろぽろと零しながら笑みを浮かべた。

「すごいですね。聖女の力はこれほどのものなのですね。そして、このようなものであるべきだったのですね。圧倒的な力と優しさに触れて、感動で胸が痛いです」

彼女の言葉を聞いて、もしかしたらエステルは感応力が高い聖女かもしれないと思う。

だから、体中から病魔が駆逐された時の快感を、何倍にも感じているのかもしれないわ、と。

エステルの病気が治ったことは喜ばしいことだけど、彼女の感応力が高いことは想定していなかったため、先ほどの説明で納得してもらえたのかしらと心配になっていると、後ろから驚愕した声が上がった。

「フィ、フィーア、一体君は何をしたんだ？」

「そっ、そうよ！　何がどうなっているのよ？　あんたってば、こんな重い病気も治せるの!?」

掛けられた声に驚いて振り返ると、先ほどまで昏倒寸前だったセルリアンとドリーが、いつの間にか真後ろに立っていた。

彼らの顔色は、先ほどまでの白さが嘘のように、元の色に戻っている。

「まあ、２人とも顔色が戻っているわよ！　体調がよくなったの？」

不思議に思って尋ねると、ドリーが普段よりも早口でしゃべり始めた。

「あたしたちのは傷病者恐怖症だから、健康な人しかいない部屋の中で症状は出ないわ！　というか、そんなことはどうでもいいのよ!!　一体どうなっているの？　まさか、またその……」

ドリーは私が首に掛けている聖石のネックレスを指差して、何事かを言いかけたものの、途中で何かに気付いたように口を噤む。

それから、ドリーは確認するかのように伯爵とエステルに顔を向けた。

けれど、伯爵は茫然としていたし、エステルは涙を零し続けていたので、２人ともに聖石の重要性に気付いている様子はなかった。

そのため、ドリーはほっとした様子でもう一度私に向き直る。

ただし、そのまま口を噤むことは我慢ならなかったようで、「信じられない、何て威力なの！」と小声で呟いた。

それから、納得した様子で一歩後ろに下がる。

セルリアンも「常識外れもいいところだ」と頭を振りながら、一歩後ろに下がった。

それらの様子を見て、どうしたものかしらと考え込む。

なぜなら２人は、いかにも私が治癒したとばかりの態度を示し、せっかく作り上げた『私は応援をしただけで、病気自体はエステルが治したのよ』というストーリーをぶち壊したからだ。

自分でもちょっと苦しい説明かな、と思っていたので、そのこと自体はいいのだけれど、２人の一連の言動を見て、やっぱりエステルを完治させたのは聖石の力によるものだと説明すべきかしらと考えを改める。

私が何も言わなくても納得したドリーやセルリアンのように、聖石の価値を知っている人には、聖石を見せるだけで説明が済むのだから、この石の力だと説明したほうが納得してもらえると思ったからだ。

だけど、エステルはそもそもこの石のことを知らないのよね。

そして、ドリーとセルリアンの態度から判断するに、この石についてはあまりぺらぺらと話さない方がいいのよね。

うーん、と悩みながらも、私はぎりぎりのところまで攻めてみることにした。

そのため、未だ涙を流し続けているエステルの両手を握ると、その顔を覗き込む。

「エステル、あなたはがっかりするかもしれないけれど、私は本物の聖女じゃないの！」

「……えっ？」

言われていることが理解できない、とばかりに戸惑っている様子のエステルを目にし、『どうやらエステルは、彼女自身の力で治したという説明に納得していなかったようね。作戦を切り替えて正解だったわ』と心の中で独り言ちる。

それから、私はことさら真面目な表情を作ると話を続けた。

「実はね、私は道化師一座のメンバーなの。だから、本物の聖女ではなくて、タネと仕掛けがある聖女なのよ」

「……はい？　……はい」

全く納得していない様子ながらも、素直に返事をするエステルに、私は内緒ごとを話すかのように少し声を潜めてみせる。

「そして、私のお仲間は何と宮廷道化師なの！」

ふふふ、この言い回しならば、セルリアンとドリーだけではなく、私も宮廷道化師だと考えるんじゃないかしら。

そう期待しながら、私はぱちぱちと瞬きをしてみせる。

「そしてね、私は王様のお気に入りなのよ！　だから、王様から特別の品物を与えられていてね。何というのか、そのおかげで聖女の力と同じようなことができたりするのよ」

私は聖石のネックレスをわざとらしいほど撫で回しながら、エステルを見つめた。

まあ、ギリギリ嘘ではないだろう。

これらの宝石はサザランドの民から譲り受けたのだけれど、その場に同席していたサヴィス総長が理解を示してくれたからこそ成り立った話だ。

それはつまり、総長の上司である国王の許可を取ったからこそ、と言えなくもないはずだ。

そして、今日は一日、セルリアンとずっと一緒に行動しているのだから、彼のお気に入りと言えなくもないだろう。

つまり、要約すると、私は王様のお気に入りで、この聖石は王様から与えられたようなものだわ！

そう自分に都合がいい結論を出すと、エステルに視線を戻す。

これほどしつこくネックレスを触っていたのだから、エステルもこの宝石に特別の力があり、そのおかげで彼女の病気が治ったのだと理解したのじゃないかしら、と期待しながら。

けれど、期待に反して、彼女は難しい顔をして大きく首を傾けていた。

……あれ、私が暗示したことを、理解していないように見えるわね。

せっかく真実と虚偽の間で頑張って話を作ったのに、何の成果もなかったのかしら？

そうがっかりして俯こうとすると、セルリアンが腹立たし気な表情を浮かべているのが見えた。

そのため、成果もないのに怒りだけ買うなんて、マイナス収支じゃないのと損をした気分になる。

そんな私に対し、予想通り、追い打ちとばかりにセルリアンが苦情を言ってきた。

「フィーア、そんな風に誤解を招く表現はいかがなものかと思うよ！　王様はどんな女性にも興味がないんだからね！　つまり、そんな意味で、君に興味は持っていないから!!」

あ、そう言われれば、王様は女性嫌いだと噂されているんだったわ。

今の王様は影武者だから、女性問題を起こして跡継ぎがどうのこうの、ってことが発生しないように予防線を張っているのかしら？

　そうだとしたら悪いことをしたわと考え、セルリアンに話を合わせることにする。

「確かにセルリアンの言うとおりね！　王様は私みたいな者よりも、馬の真似が好きな幼い少年や、女性的な雰囲気を持つ長身の男性が好きなんだったわ!!」

「フィーア！　それはそれで問題があるだろう!!」

　せっかくセルリアン好みの話を口にしたというのに、間髪をいれずに悲鳴のような声で言い返されたため、注文が多いわねと顔をしかめる。

　だんだんと面倒になってきた私は、取り敢えずエステルに納得してもらおうと、これまでの話をまとめることにした。

「ええとね、エステル、つまり私は王様から色々と有効なタネと仕掛けを与えられていて、それを使用してあなたの病気を治したの。ただし、このタネと仕掛けはものすごい秘密だから、今日あったことは黙っていてほしいの。いいかしら？」

　すると、エステルは涙の溜まった目をぱちぱちと瞬かせて、にこりと微笑んだ。

「もちろんです!!」

　大きく頷くエステルを見て、いい返事だわと嬉しくなる。

　けれど、続けられたエステルの言葉に、私はごちんと頭を叩かれたような気持ちになった。

「これは私の独り言ですけど、フィーア様はこの国にとって特別な存在ですのね！　ですから、王家が囲い込んでいて、教会にもそのご存在が知られていなかったのですね」

「えっ？」

エステルから発せられたのは突拍子もない話だったため、ぎょっとして彼女を見やる。

けれど、エステルは両手を組み合わせ、夢見るように空を見つめた。

「聖女の数はそれほど多くありませんし、定期的に顔を合わせる機会が設けられているので、互いの顔は分かるんです。ですが、私はフィーア様を一度も拝見したことがありません。遠地にお住まいの聖女様であれば、あるいはお見かけしていないこともあり得るのでしょうが、王城暮らしであれば、王家によって秘されていると考えるのが筋ですよね」

「えっ、いや」

エステルの口から、驚くべき話が飛び出てきたため、私は目を白黒させた。

ど、どうしよう。先ほど、宮廷道化師だと仄めかしたことが悪く誤解されて、王城暮らしだと思い込まれてしまったわ。

いや、実際に私は、王城内にある騎士寮暮らしなのだけど……多分、エステルが言っているのはそういうことではないわよね。

困ったことに、エステルがもっともらしく語った創作物語に、事実は一欠片も交じっていないのだ。

これは訂正をしなければいけない、と思っている間に、エステルは両手をぐっと握りしめると、何かを決意した表情を浮かべた。

「王家がひた隠しにしている聖女様であるフィーア様のことは、決して他言いたしません！　お約束しますわ！」

彼女のきらきらと輝く瞳を見て、私は説得に失敗したことを悟る。

どうやら私の完璧なはずの説明が、全くの誤解としてエステルに伝わったようだ。

そのことを理解した途端、私の顔から表情がごそりと削げ落ちた。

その後すぐに、私たちは伯爵邸をお暇した。

エステルが完全に誤解していることは明らかだったけれど、ちょっとやそっとでは訂正できそうになかったし、私のことを誰にも言わないと約束してくれたので、まあ、いいかと思ったからだ。

加えて、伯爵も誰にも言わないと約束してくれたので、取り敢えずの目的は果たされたに違いない。

心で思うことは自由だから、伯爵とエステルが「私はタネと仕掛けがある聖女だと理解し、そのことを黙っている」と約束してくれた以上、何を思っていたとしてもどうしようもないのだ。

エステルの場合は、「これは私の独り言ですけど」との前置きの下、心の裡(うち)を声に出されたような気もするけれど、聞かなかったことにしよう。

そう考えながら、米つきバッタのようにペコペコと頭を下げる伯爵と、大事な使命を受けたような表情を浮かべたエステルに別れを告げると、私はセルリアン、ドリー、カーティス団長とともに伯爵家の馬車に乗り込んだ。

あれほど「食事に行こう」と言い続けていたセルリアンとドリーだったのに、帰る頃になると「疲れ過ぎて食事に行けない」と言い出したため、まっすぐお城に戻ることにしたのだ。

体力が無尽蔵なザカリー団長やデズモンド団長を見習ってほしいわね！

と、おなかがぺこぺこの私は思ったけれど、疲労困憊な様子でぐったりしている2人を見ると心配になる。

『傷病者恐怖症』という聞いたこともない病気の症状も出ていたし、ものすごく疲れているのかもしれないと思われたからだ。

そのため、馬車の背もたれに背中を預け、目を瞑(つむ)っている2人に恐る恐る声を掛ける。

〈2人とも大丈夫？　途中で倒れるといけないから、部屋まで付いて行きましょうか？〉

せっかくなので、使用する機会がなかったルーア語を使用してみる。

『困った時の伝達方法』を決めていたのに、一度も使用する機会がなかったため、使ってみたくなったのだ。

すると、セルリアンとドリーは目を瞑ったまま、疲れた様子で呟いた。

〈何でー、こっこでルーア語が出るんだーよ。全てが終わった後じゃーないっか〉

〈フィーアって、みっずーからイメージを壊すわよーね。めっずーらしく、決まってたーのに〉

うーん、言い返しはするけれど、声に元気がないし、目も瞑ったままだ。

大丈夫かしら、と心配しながら見守っていると、２人はやっと目を開き、無言のまま視線を交わし合わせた後に返事をした。

「そうだな……フィーア、せっかく申し出てもらったのだから、部屋まで付いてきてもらえるとありがたいな。思っているよりも弱っているようだから、君の言う通り、途中で倒れるかもしれないからね」

珍しく弱みを見せるセルリアンを前に、これは本当に弱っているようねと心配が募ってくる。

けれど、それからしばらくすると、２人とも馬車の背もたれ部分から体を離し、きちんと目を開けて何事かを考えている様子を見せたので、少しはよくなってきたようだわと安心した。

そんな風に２人とも、珍しく静かにしていたことに加えて、カーティス団長は必要がなければ話をしないタイプなので、馬車の中は静寂に包まれる。

静かだわねーと考えていると、いつの間にか眠ってしまったようで、目覚めた時は王城に着いていた。

当然の顔をして付いてくるカーティス団長とともに、約束通り、セルリアンとドリーを部屋まで送り届けようとすると、普段は立ち入らない区画に誘導された。

どうやら王城内には道化師専用の私室があって、そこに向かっているらしい。

まあ、さすが宮廷道化師だけあって専用の部屋が与えられているのね、と感心していると、ド派手な壁紙が張られた部屋に案内された。

普段は目にしないような意匠の部屋だったため、興味深く見回していると、よく分からない小道具が飾られた棚が横にスライドし、その後ろから隠し扉が現れる。

「えっ？」

この扉は何かしらと驚いたけれど、ドリーが躊躇なく扉を開いたので付いて行った。

すると、その先は真っ暗闇だった。

「ん？」

この暗い空間は何かしらと思っていると、もう一度扉が開く音がして、その先には広い部屋が広がっていた。

「オルコット公爵の私室よ。一応、王城で要職に就いているから、執務室とは別に寝泊まり用に部屋を賜っているの」

「まあ、そうなのね」

道化師の部屋と公爵の部屋が隠し扉でつながっているなんて面白い仕組みだわ、と考えながら自分たちが出てきた扉を振り返ってみると、そこはクローゼットになっていた。

「なるほど、道化師の部屋にある隠し扉は、公爵の部屋のクローゼットにつながっているのね。だから、あんなに真っ暗だったのだわ」

　通常であれば、道化師の私室と公爵の私室が隣同士なんてあり得ないけれど、王が道化師を気に入っているため、彼ら用に「とてもいい部屋」を用意したら、たまたま隣に公爵がいたという設定なのだろうか。

　そんな風におかしく思っていると、ドリーからソファに座るよう促される。

「フィーア、あたしたちは道化師の衣装を脱いでくるけど、あんたも着替える？　セルリアンがあんたくらいの背丈の頃に着ていた服があるわよ」

　親切な申し出だとは思ったものの、晩御飯を食べていないので、この後、すぐに騎士団用の食堂に行こうと考えていた私はお断りを入れる。

「いいえ、特に汚れていないから、着替えなくても大丈夫よ。2人を部屋まで送ってきただけだから、すぐに帰るし。あっ、というか、この聖女の衣装は今すぐ返した方がいいのかしら？」

　そう言えば、今着ている衣装はドリーから借りたものだから、急いで返した方がいいのかもしれない、と思って尋ねると、彼はゆるりと首を横に振った。

「いいえ、その衣装はもうあんたのものだから好きにしていいわ。それよりも、食事を食べ損ねてしまったから、軽食を食べていかない？　今から、この部屋に運ばせるから。それから、よかったら1つ話を聞いてほしいの」

「分かったわ！」

何か食べさせてもらえるのならばありがたいわ、と思ってカーティス団長とともにソファに座ると、セルリアンとドリーは着替えのためにドレッサールームに入っていった。

手持ち無沙汰になったため、きょろきょろと部屋の中を見回していると、煌びやかな内装や家具が目に入る。

先ほど見た、訳の分からないおもちゃや小道具でいっぱいだった道化師の部屋とは異なり、この部屋には小難しい本がたくさん並べられた本棚や執務机が設置してあった。

そのため、どちらも同じ住人の部屋だと考えると面白いわよね、と笑みを浮かべていると、隣に座ったカーティス団長から名前を呼ばれた。

「フィー様、出過ぎた真似なのは承知していますが、1つだけ言葉を差し挟ませていただいてもよろしいでしょうか？」

「もちろんだわ」

カーティス団長がこんな風に話しかけてくるのは珍しい、と思いながら彼に顔を向ける。

すると、真剣な眼差しと視線が合った。

そのため、一体何事かしら、とどきりとしながらカーティス団長の言葉を待っていると、彼は重々しい様子で口を開いた。

「セルリアンとドリーにはこれ以上深入りなさいませんよう、ご忠告いたします。彼らが抱えているのは暗くて重いものです。生半可なことでは、到底彼らの望みを叶えることはできません。ですが、あなた様であれば、どうとでもできる事柄でしょう」

「えっ？」

突然、思ってもみない話をされたため、びっくりして目を見開くと、カーティス団長は真剣な表情で言葉を続けた。

「もしも彼らに同情して力を貸したならば……代償として、あなた様がひた隠している秘密が、白日の下に晒されることになります」

「ええっ!?」

核心を突いた話に驚いていると、カーティス団長は座っていたソファから身をずらして、床の上に片膝を突く形で私と向かい合った。

それから、至近距離で私を見つめてくる。

「フィー様、どうか一番大事なものを、お忘れにならないでください！　そして、心が痛もうが、救いたい気持ちが湧き上がろうが、大事なものを優先してください！　むしろ、心が痛む前に、彼らから手を引くべきです!!」

以前、サザランドでも同じようなお願いをされたため、カーティス団長の言いたいことにピンとくる。

きっと、カーティス団長が仄めかしている『一番大事なもの』は、『私の命』なのだろう。

どこまでも忠実な元護衛騎士は、いつだって私のことを心配してくれるのだ。

「カーティス、あなたはいつだって私のことばかり心配するのね。でも、大丈夫よ。私だってむやみやたらに危険に身を晒したりはしないのだから」

彼を安心させたくて、心からの言葉を発したというのに、カーティス団長は大きく首を横に振った。

「それは、あなた様がセルリアンとドリーが抱えているものを知らないからこそ、発することができる言葉です。このまま彼らに深入りしていけば、あなた様はいずれ精霊を呼ぶことになるでしょう。必ずです！」

はっきりとそう言い切ったカーティス団長の激しさに、二の句が継げずに黙り込む。

そして、普段の彼らしからぬ姿を目にしたことで、カーティス団長は私の知らない何かを知っているのだわと確信した。

どくりどくりと心臓が波打ち出し、嫌な予感に襲われていると、返事をしない私に焦れたのか、カーティス団長がさらに言葉を重ねてきた。

「さらに言わせていただくならば、サヴィス総長とシリルも同様です！　あの2人も暗く重いものを抱えています！　どうかこれ以上深入りなさいませんよう、心からお願い申し上げます」

そう言い切ったカーティス団長の表情は怖いくらい真剣で、けれど、素直に「はい」と答えることもできなくて、……私は無言のまま、彼を見つめることしかできなかった。

◇

◇

カーティス団長も私も、それ以上言葉を発することができなくて、無言のまま見つめ合っていると、ガチャリと音がしてドレッサールームの扉が開いた。

「すまない、待たせたかな」

そう言いながら入室してきたオルコット公爵は、至近距離で見つめ合うカーティス団長と私を見て、驚いたように足を止めた。

それから、慌てた様子で後ずさる。

「あっ、失礼！　僕は何かの場面に出くわしたのかな」

そう言いながら、公爵はもう一度ドレッサールームに引きこもろうとした。

「もしもプロポーズの途中だったのなら、好きなだけ続きをやってくれて構わないから。僕はどれだけでも待つよ」

「へっ？」

どうやら真剣な表情で私の前に跪（ひざまず）いているカーティス団長を見て、とんでもない誤解をされたようだ。

「ち、違うわよ！　誤解だわ！」

びっくりして否定すると、カーティス団長も真剣な表情で否定した。

「フィー様の言う通りだ！　私が至尊なるフィー様に対して、そのような不敬な行動を取るはずもない！」

私たちの言葉を聞いたオルコット公爵は、何とも言えない表情を浮かべると、もう一度部屋に入ってきた。

「そうか、それは勘繰って悪かったね。尋ねはしないけど、君たちの関係は興味深いよね。上司であるカーティスの方が、明らかにフィーアを敬っているのだから」

オルコット公爵に続いてセルリアンも入室してきたのだけれど、2人とも道化師の衣装を脱いで、さっぱりとしたシャツ姿に着替えていた。

ドリーの方は腰まであったウィッグを外し、化粧まで落として、完全に「オルコット公爵」に戻っている。

セルリアンもシンプルなシャツ姿になっていたけれど、道化師とは全くイメージが異なり、いいところのお坊ちゃまという雰囲気を漂わせていた。

彼らが向かい合せのソファに座ると同時に、侍女たちがたくさんのお皿を抱えてやってくる。

次々にテーブルの上に載せられるお皿の多さに驚いていたところ、どういうわけかオルコット公爵が申し訳なさそうな声を出した。

「大したものが準備できなくて、申し訳ないね。ここが公爵邸だったならば、もっと様々なものが準備できたのだが、王城だから自由にはできなくてね」

テーブルの上に所狭しと並べられた料理を前に、オルコット公爵は本気で言っているのかしらと首を傾げる。

「いえ、十分大したものだわ。むしろ食べきれないのじゃないかと思うけど……」

と、これまで通りに話していたところで、相手は道化師のドリーではなく、オルコット公爵だったことを思い出す。

「思いますけど」

そのため、思わず言い直すと、オルコット公爵ははっきりと顔をしかめた。

「フィーア、これだけ親しくしておいて、今さら僕との間に壁を作るつもりかい？　もう身分とか言う前に、僕らは友人だよね。ああ、『師匠と弟子』だとか、訳が分からないことを新たに言い出すのは、複雑になり過ぎるから止めてくれよ」

当然のように友人関係を主張してきたオルコット公爵の言葉を聞いて、思わずカーティス団長を見やる。

これは、カーティス団長が言うところの『深入り』に該当するのかしら、と思いながら。

すると、団長は難しい顔をしていたので、そうだった、いつだって彼の基準は厳しいのだったわと思い出し、言いつけに従おうと口を開く。

「ええと、そうは言われましても、やはり身分と立場と言うものがあってですね……」

「フィーア！」

言葉の途中で、オルコット公爵らしからぬ強い口調で遮られたため、私は驚いて口を噤む。

するとと、公爵は身を乗り出してきて、私の片手を摑んだ。

「本気で！　僕は君に感動したんだ！　君がサザランドから聖石を譲り受けたことは聞いていた。だが、その石は破格の価値があるから、すごいもの過ぎて使用されることはまずないと考えていた。たとえば死にかけた騎士がいるとか、そのような極限状態でもない限り、『この素晴らしい石を使うのは今ではない』と、使用は先送りされると」

オルコット公爵の口調は今までになく熱を帯びていたので、勢いに圧されてこくりと頷く。

「そうですよね」

「なのに、君は簡単に人々を助けるから！　当たり前の顔をして、全ての人を救おうとするから、不敬かもしれないが、僕は君の行いに３００年前の大聖女様を見たんだ！」

「…………」

とんでもない話が飛び出てきたため、下手に言い返すこともできずに黙り込む。

すると、公爵は興奮した様子で続けた。

「だから、僕は君に感動したし、君のことを尊敬している！　そんな君の近くにいたいから、友達になりたいんだ！　僕に不足している部分があるのならば、君の友達として相応しくあるよう努力する。だから、どうか僕と友達になってくれ!!」

正々堂々と友人関係を申し込まれた私は、これはもう承諾するしかないと考えて、無言のままこくりと頷く。

カーティス団長は嫌がりそうだけれど、これほどの熱意をもって申し込まれたものを断るのは心が痛むし、お友達になったくらいで「深入り」したことにはならないはずだわ。

そう考えての返事だったのだけれど、オルコット公爵はぱっと顔を輝かせた。

「ありがとう、フィーア！　僕は僕自身が時に卑怯で、時に間違うことを知っている。だが、いつだって理想を実践している君の側にいれば、少しはましなものになれるかもしれないからすごく嬉しいよ！」

「そ、そんなに大したものではありませんから」

私はそう言いながら、すっと視線を下げた。

オルコット公爵の喜びようを見ていたら、お友達になってよかったと思う一方で、これほど公爵が喜ぶほどのことをしてしまったのかしら、とカーティス団長の反応が心配になったからだ。

けれど、そんな私の心情を知らない公爵は、上機嫌ながらも咎めるような声を出す。

「フィーア、友達同士はそんなお堅い口調で会話をしないよ。僕は君の上司でも何でもないのだから、もっと砕けた口調にしてくれないか。どのみちドリーの時は砕けているんだから、口調を統一した方が君も楽だよ」

「ま、まあ、確かにそうね」

それはその通りなので同意する。

するとオルコット公爵はさらに一歩踏み込んできた。

「それから、僕のことはロイドと呼んでくれ。ため口で『オルコット公爵』なんて呼んだら、バランスが悪いことこのうえないからね」

「えっ！　そ、それはさすがに……」

断るべきだろうと声を上げると、オルコット公爵が言葉を差し挟んでくる。

「この間、我が家に来た時に、君はワイナー侯爵家の嫡子を名前で呼んでいたよね」

「………」

呼んでいた。というか、普段から呼んでいる。

だけど、ファビアンは騎士団の同期だし……

と、そう惑っていると、公爵はさらに攻め込んできた。

「それに、天下の騎士団長であるカーティスの名前も、呼び捨てているじゃないか」

「ぐうっ。で、でも、公爵様を名前で呼ぶなんて、生意気だとか、不敬だとか、絶対に周りの人から怒られるから！」

他に何も思いつかなかったので、最後の言い訳にとそう口にすると、オルコット公爵はにこりと微笑んだ。

「それは大丈夫！　僕は環境を整えるのが得意だから。そして、腐っても公爵だから、周りの人間を思い通りに動かすのはお手の物だよ」

「………分かったわ」

何を言ってもすぐに反論されるので、これ以上抵抗しても時間の無駄だわと、公爵の要望を受け入れることにする。

うう、何だか全て私の方が妥協している気がするわね。

そうがっくりしていると、オルコット公爵改めロイドは、上機嫌な様子でグラスを掲げた。

「よし、じゃあ、今日は僕とフィーアの新たな友情に乾杯しよう！」

すると、それまで黙って成り行きを見守っていたセルリアンが口を差し挟んでくる。

「僕も入れてくれ。『ため口で名前呼び』が友人の証ならば、僕とフィーアもとっくにそうだ」

色々と面倒になった私は、全てを受け入れることにする。

「分かったわ！　それでは皆の友情に乾杯しましょう！　そして、早く食べ始めましょう！」

……目の前に並べられたご馳走を食べたくなったから同意したわけでは決してない。

けれど、始まりがどうだったにせよ、食事は和やかに進んだ。

並べられたお皿をつつきながら、適度に話をする。

会話の中で、聖女姿の私を一緒に連れて行く、と宣言した時にシリル団長が怒っていたことや、その後たまたまシリル団長に出くわしたことなどが話題に上ったため、団長は愛されているのねと嬉しくなる。

けれど、食事の間中、ロイドは始終にこやかな様子ではあったものの、無理をしているように思われた。

それはセルリアンも同様で、なぜそう思ったのかと言うと、会話を取捨選択していたからだ。

ペイズ伯爵や傷病者恐怖症の話は一切しようとせず、笑いが起こるような話題のみをチョイスしている。

私も、そして恐らくカーティス団長もそのことに気付いていたけれど、知らない振りをして2人がセレクトした話題に付き合っていると、ロイドは大聖女について語り出した。

「僕はね、大聖女様に関するありとあらゆる本を熟読したんだ。もちろん、色々と誇張されたり、間違って伝わったりしている部分があることは承知しているが、それでもいつだって、全ての人を等しく救おうとする御心は、どの本の中でも共通していた」

ふんふんと一般論として聞いていると、ロイドはそこで言葉を切って私を見つめてきた。

「対する君も、何の見返りもなく、あっさりと人々に対して聖石を使うから、聖女様のあるべき姿はこうなのだと教えられた」

「へっ？」

ロイドは先ほども、『私の行いに大聖女様を見た』と言っていたけれど、また私と大聖女を関連付けようとしているのかしら、と困った気持ちになる。

そのため、じとりと横目で見ると、ロイドは緊張した様子でくしゃりと髪をかき回し、大きなため息をついた。

「はあ、違う。こんな話がしたいわけではなく……フィーア、僕は君に聞いてほしい話があると言ったね。それを今からしても構わないかな。食事が完全に終了し、もう少し落ち着いた雰囲気の中で切り出そうと思っていたが、どうにも先ほどから会話がそちらの方に向かってしまう。僕に我慢が足りず、修業が足りていないと言われればそれまでだが」

ロイドとセルリアンの落ち着かない様子から、何か気掛かりなことがあるのだろうとは思っていた。

そのため、「もちろんいいわよ」と返事をすると、ロイドはほっと安心したようにため息をついた。

それから、ロイドは組んだ両手に視線を落とすと、静かな声を出す。

「話を始める前に1つだけ。フィーア、僕が君と友達になりたかったのは、君の行為に感動したからだ。そこにあったのは純粋な尊敬の念で、下心はなかった……側にいることで、僕がよりよいものになれるのではないかと考えたことを、下心と呼ばないならだが。だから……今からする話には、僕らの関係は一切考慮しないでくれ」

「分かったわ」

そう答えながらも、ふとシリル団長とお友達になった時のことを思い出す。

あの時は、お友達になった途端、団長の領地であるサザランドに同行させられたのだったわ。

今度も何か大きなことを要求されるのではないでしょうね、と身構えていると、視線の先でロイドが口を開いた。

「君の話にもどるが……ペイズ伯爵邸で、彼の娘を救った君の行為は正しかった。そのまま放置して帰ろうとした、僕の行為の方が間違っていた。僕は伯爵に対して憤りを感じていたが、そのことと彼の娘は関係ないからね。頭では分かっていたのだが、どうしても感情をコントロールできなくて、そんな自分を持て余していた。だから、君が彼の娘を救ってくれた時、僕はほっとしたんだ」

突然、想定外に褒められたため、戸惑った私は「ああ、いえ、はい」と意味のない言葉を呟く。

そんな私に対して、ロイドは感心した眼差しを向けてきた。

「フィーア、君はすごいよね。いつだって最善の一手を選び取っているのだから、僕は本当に感心している。そのことを、伯爵の娘を救った時にまざまざと感じたよ。君が発言した通り、病人を治すことは怪我人を治すことの数倍の魔力を必要とする。なぜなら病魔に侵された部位が不明だから、体全体に回復魔法をかけなければいけないからだ」

ロイドから、先ほどエステルに説明した話題を持ち出される。

「だから、聖女様と医師が組み、前もって医師が調べていた疑わしい部位に回復魔法をかける方法が推奨されているが、聖女様はその方法を好まない。単純に、他人の助言に従うことが嫌らしい。そのため、現状では、多量の回復魔法を使用して病人を治すしか方法はないのだと諦めていたが、君は新たな方法を提示したんだ」

「い、いや、それは」

ロイドは感心している様子だけれど、よく考えたら、聖女でない私が回復魔法についてこれほど詳しいこと自体が怪しい話だ。

そのことに気付き、言い訳をしようと口を開きかけたけれど、ロイドは安心させるように微笑んだ。

「大丈夫、分かっているよ。そもそも君は聖女様でないのだから、新たな方法を自分で見出せるはずがないことはね。きっと、どこからか……たとえばシャーロット聖女あたりから、情報を入手したのだろう？　だが、ポイントはそこでなく、僕が驚いたのは、聖女様でない君が、何の役にも立たない情報を前もって入手していたことだ」

ロイドの言葉を聞いて、なるほどと納得する。

そうよね、シャーロットから聞いたことにすれば、確かに辻褄が合うわよね。

というよりも、私よりロイドの方が言い訳が上手そうだわ。

そう感心していると、ロイドは組み合わせた両手に力を込めた。

「伯爵の娘を治癒する事案は突発的に発生し、前もって予測が立てられない出来事だった。にもかかわらず、君は必要な情報を持ち合わせており、初めての場面で、正しく情報を使用した。間違いなく最善の一手を選べるのは君の才能だ。だから……」

ロイドはそこで初めて言葉に詰まると、言い辛そうに顔を歪める。

それから、何度か口を開いては閉じるという行為を繰り返した後、意を決したように真正面から見つめてきた。

「フィーア、僕は君に頼みがある。君の最善の一手を選び取る、その力を借りたいんだ！　もちろん君には断る自由があるが……どうか、どうかぜひ承諾してほしい」

それから、ロイドはぎこちない様子で私の両手を握ってくると、その手にくっつくほど頭を下げた。

「頼む、どうか僕の妹に『大聖女の薔薇』を選んでほしい」

◇　◇　◇

「ロイドの妹さん？　でも、妹さんは……」

10年前に亡くなったのじゃなかったかしら、とそう思ったけれど、言い辛くて口を噤む。

すると、ロイドは私が飲み込んだ言葉を察したようで、代わりに口を開いた。

「フィーア、僕は以前、妹のコレットは10年前に亡くなったと言ったね。だが、あの言葉は正確でなかった。……妹は死んでいない」

「えっ!?」

とんでもない話が飛び出てきたため、驚いて目を見開く。

けれど、コレットが亡くなった話は、ロイドからだけでなくファビアンからも聞いたのだ。

つまり、世間の誰もがコレットは亡くなったと考えているはずだ。

そして、おかしな噂一つ立っていないので、この10年もの間、誰一人として彼女の死を疑っていないに違いない。

それが……生きている？

どういうことなのか理解できずに目を瞬かせていると、ロイドは顔を歪めた。

「正確に言うと、死んではいないが……生きているとも言えない状態だ。なぜなら10年前からずっと、あの子はただ静かに眠り続けているのだから。時々、水分を摂るくらいで、目を開くことも、体を動かすこともなく、ただ静かに眠っているのだ」

話を聞いているうちに、何となくコレットの状態が推測できたように思う。

もしかしたらコレットは、眠りの状態異常に侵されているのではないだろうか。

コレット本人を確認しなければ確定できないけれど、レッドたちの妹さんも同じ呪いに侵されていたし、……ただ、水分しか摂らないと言うのはよく分からないけど……と、そう考えていると、セルリアンが話に割り込んできた。

「フィーア、コレットが眠り続けているのは、僕が受け継いだ精霊王の力によるものだ」

「えっ、精霊王の力？」

突然、思ってもみなかった話を持ち出され、驚いて聞き返す。

するとセルリアンは苦し気に顔を歪め、言葉を続けた。

「コレットの命の火が消えようとした場面に、僕も居合わせたからね。彼女の命を取り上げないでくれと、強く願ったんだ。その結果、僕の中の精霊王の血が僕の望みに反応して、願いを叶えてくれたというわけだ。ただし、僕は特殊な願いを望んだから、彼女は生きているとはとても言えない状態で眠り続けている」

「それはどういうことかしら？」

話の内容を理解できずに聞き返すと、セルリアンが丁寧に説明してくれた。

「10年前のあの日、コレットはひどい状態だった。そのままにしておけば、死を待つしかないのは火を見るよりも明らかだった。だから、彼女の時間を止めたいと願ったんだ。彼女は時を止めて眠り続け、彼女を治癒できるような聖女が現れた時に目覚めればいいと」

「……それは、大変なことだわ」

初めに想像したよりもずっと大変な状況であることを理解した私は、それだけを口にした。

特定の人間の時間だけを止めるような人知を超えた術は、それこそ精霊王でもない限りかけることはできないだろう。

本人が述べた通り、セルリアンは王家の一員なので、精霊王の血を引いていることは間違いない。

だからこそ、彼の望みを叶えるために、精霊王が力を貸してくれたのかもしれないけれど……。

「コレットの『時が止まっている状態』を、10年間も持続するエネルギーはどこから出ているの？何のエネルギーも投入せずに、それほどの術を長時間かけ続けられるはずがないわ」

疑問に思って尋ねると、セルリアンは感心したように目を見張った。

「フィーアは本当にすごいね。精霊王の力の仕組みをそこまで理解しているなんて」

それから、彼は私が予想していた中で最悪の答えを口にした。

「エネルギーは僕の命だよ。『死なないでほしい』と願った瞬間、コレットと僕はつながったのだから。彼女は生きているとも言えない状態だから、それほど消費量は多くないが、……1年に1歳若返る分だけ、僕は喰われ続けている」

セルリアンは淡々と口にしたけれど、それはとんでもない話だった。

コレットを生かし続けるために、セルリアンは自分の命を削っているのだから。

通常の魔法であれば、対価は魔力になるのだけれど、相手が精霊王のため特別の対価を要求されているのだろう。

だからこそ、コレットとつながっている彼の時も止まり、さらに喰われることで、毎年1歳分ずつ年齢が逆行しているのだ。けれど……

「……セルリアン、どうしてあなたがそこまでするの？」

彼の行為は、『信頼するロイドの妹だから』という説明では、足りないように思われた。

そのため、疑問に思うまま質問すると、セルリアンはそれが全ての説明になるとばかりに、一言だけ口にした。

「それは、彼女が僕の妃になる女性だったからだ」

「ああ！」

その言葉を聞いた瞬間、全てを理解したように思う。

なぜセルリアンが命を削り続けてでも、ロイドの妹を救おうとしているのかを。

そのため、私は先ほどロイドが口にした望みについて確認する。

「それで……コレットのために『大聖女の薔薇』を私に選んでほしい、というのはどういうことかしら？」

するとセルリアンは真剣な表情で見つめてきた。

「それは……君に未来を賭けさせてほしいという、僕らの願いだ」

「……もう少し詳しく教えてもらえるかしら？」

場面が場面なので、『分かったわ』と答えたいところだけれど、セルリアンの意図するところが分からなかったため聞き返す。

すると、セルリアンは何かを思い出すかのように空を見つめた。

「フィーア、君は以前、サヴィスから聖女に捧げる花を調達するよう頼まれたことがあったよね。その時の依頼主は僕だった。そして、花を捧げる相手はコレットだった。僕はね、眠り続ける僕の眠り姫のために、定期的に花を捧げていたのだよ。その時も、それらの一環として花を頼んだら、……君は『大聖女の薔薇』を持ってきた」

確かにセルリアンの言う通り、国王は定期的に聖女の墓標に花を捧げているから、その花を調達するようサヴィス総長から頼まれたことがあった。

そのため、聖女ならば私のお仲間だから、できるだけ適した花を贈りたいと考え、王城に植わっている薔薇を利用して『大聖女の薔薇』を創り上げたのだ。

ということは、回り回って、『大聖女の薔薇』がコレットに捧げられたということだろうか。

「まだお礼を言ってなかったが、フィーア、素晴らしい花を見つけてくれてありがとう。コレットはね、ずっと大聖女様に憧れていた。その大聖女様由来の花を彼女に捧げることは、彼女にとって最高のはなむけになる。君が見つけてきた薔薇を受け取った時、僕はそう思った。……もう間もなく死んでいくだろう彼女に贈れる、最高の贈り物だと。その時は、知らなかったからね。あの花に特別の効能があるとは」

セルリアンはそこで言葉を切ると、天井に向けていた顔を戻して私を見た。

「大聖女様は本当に特別な存在なのだよ。あの方しか使えない魔法がたくさんある。そして、それらの魔法で多くの人々をお救いになられた。ただし、あの方しか使えなかったものだから、大聖女様の死とともにそれらの魔法も効能も失われた……とそう思っていたのだが」

「…………」

黙って話を聞いていると、セルリアンは緊張した様子で言葉を続けた。

「騎士団長たちが自主的に開いた茶会で、大変な事実が判明した。『大聖女の薔薇』の花びらを浮かべた紅茶を飲むことで、何らかの効能が表れるかもしれない、と事前に情報が出回っていたが、それはあくまで聖女が行使できる魔法の範囲だと考えていた。しかし……その茶会で、シリルには攻撃力アップの効果が表れ、デズモンドとザカリーは麻痺の状態異常に侵されたのだ」

ああ、そうだったわね……と、そのお茶会に参加していた私は、その時のことを思い出しながら頷く。

ちょっと思うところがあって、紅茶に使用する花びらに私の魔力を注入し、より効果が出るように細工したのだった。

そのため、お茶会に参加していた騎士団長たちに面白いくらいの効果が表れたのだけれど、どうしてその話を持ち出したのかしら。

そう疑問に思っていると、セルリアンは感激した様子で目に涙を浮かべた。

「……信じられるかい？　３００年前に失われていた大聖女様だけの魔法が、薔薇の花びらの中に詰まって蘇ったのだ」

「確かに、そうね」

なるほど、そういう見方もできるわね。

「その魔法は僕とロイドがこの10年間、切望してきたものだった。もうほとんどあきらめていたのだが、完璧なタイミングで彼女を救うための可能性が見つかったのだ」

胸が詰まった様子で言葉を途切れさせたセルリアンに代わって、ロイドが言葉を続ける。

「明日の朝、筆頭聖女の選定会を実施する旨の告知が、国中の全ての教会から一斉に発せられる予定になっている。告知から2週間後に選定会は開催され、間もなく筆頭聖女が選定されるだろう。そして、筆頭聖女であればきっと、目覚めたコレットを治癒できる」

「………………」

私が持っている聖石でも、瀕死の怪我人を治せることは分かっているだろうに、そのことには触れないロイドとセルリアンに何とも言えない気持ちになる。

多分、2人は代わりが利くものであれば代替を用意し、どうしようもないものだけを私に頼もうとしているのだ。

いたたまれない気持ちになって、服の胸元部分をぐっと握り締めていると、セルリアンはがばりと顔を上げた。

「だから、フィーア！」

激しい調子で言葉を発するセルリアンの片方の目から、涙が一筋零れ落ちる。

けれど、セルリアンは流れる涙を拭うことなく、縋るような瞳で見つめてきた。

「『大聖女の薔薇』は花びら毎に効能が異なるから、どうか……コレットが目覚めるための花びらを選び取ってくれ！」

転生した大聖女は、
聖女であることをひた隠す

【ＳＩＤＥ】オルコット公爵ロイド「君を守ると誓ったから」

「お兄様、私は聖女でした。やったわ！　これで、今後はお兄様が剣の訓練で怪我をする度に、治してあげられますね」

「コレット、聖女様の力はそんな風に気軽に使うものじゃない。もっと重々しくだな」

「あっ、ローレンス様がいらっしゃったわ！　どこか怪我をしていないか聞いてきますね」

「いや、だからだな！　おい、コレット、走るな!!　聞いているのか!?」

「聞いていますよ。ローレンス様～！」

「それは『聞こえている』のであって、『聞いている』ではない!!　……あっ、転んだ！　コレット、お前が怪我をしているじゃないか……」


――オルコット公爵邸に、にぎやかな笑い声が響き渡る。

それらの声は……ロイドのものも、コレットのものも、ローレンスのものも、全てが楽しそうだった。

……ああ、そうだ。あの頃の僕は、間違いなく幸せだったのだ……

◇

「もう27歳か。ふふ……僕ばかりが歳を取るな」

鏡に映った己の姿を見て、僕——ロイド・オルコットは苦笑した。

目の前の鏡には年齢相応の姿が映っており、そのことを無性に後ろめたく感じる。

10年経っても、20年経ってもこの関係は変わらないと、そう信じていた3人のうち2人は……僕以外の者は、歳を取ることもできないのだから。

後ろめたさが苛立ちに変わり、鏡の横の壁をばんと拳で激しく打ち付ける。

「……はっ！　この現状を打破するために必要なのは、既にこの世にない奇跡だ！　……一体どこをどう探して、何に希望を求めればいいのだ」

一人きりの私室にいたためか、普段は閉じ込めている本音が零れる。

奇跡が簡単に起こらないことは、この10年間で嫌と言うほど理解した。

どれほど努力しても、結局は徒労に終わるであろう可能性が高いことは十分分かっている。

それでも……諦めるわけにはいかないのだ。

荒い息を吐きながら、しばらくはそのままの姿勢でいたものの、気を取り直して体を起こすと顔を洗った。

いずれにせよ、今日もまた代わり映えしない……一日の終わりには、奇跡が起こらなかったことに落胆する、いつもの毎日が始まるのだ。

そう考えながら、3割の希望と7割の諦めを持って、いつものように部屋を出る。しかし……

――その日、僕は驚愕することになる。

そして、それこそが奇跡の始まりだった。


その日、僕が参加したのは今年最後の国王面談だった。

とは言っても、その時の僕は誰が見ても公爵だと分からないような、ド派手な道化師に扮していたので、「オルコット公爵」として参加したわけではなかった。

今日のターゲットは、入団したての年若い女性騎士だ。

国王と彼の側近に囲まれ、委縮しているのかなと様子を見ると、きらきらと瞳を輝かせて興味深そうに部屋を見回していた。

その何にでも興味を示す姿が、かつての妹の姿を彷彿とさせたため、常になくセンチメンタルな気分になったのだが――その女性騎士が妹に似ている、との考えは全くの誤りだった。

なぜならその年若い騎士は――フィーア・ルードは、妹のような小さな失敗を繰り返すタイプではなく、激しい暴風を呼び込むタイプだったのだから。

――僕が、その面談で驚愕した出来事を数え上げてもきりがないだろう。

たとえば、僕たちの口調がルーア語の使用法を真似たものだと見抜かれたとか。

王の名前のアナグラムを見破られたとか。

セルリアンの衣装が、過去の国旗と聖獣をリスペクトしたものだと言い当てられたとか。

セルリアンの腕の呪いを看破されたとか……その全てが、驚愕すべき内容のオンパレードだったのだから。

そのため、面談終了時には、フィーアはものすごく勘の鋭い、才覚のある子だなと、心の底から驚いたのだが――真に驚愕する出来事は、数日後の夜に起こった。

なぜなら深夜、僕の部屋を訪ねてきたセルリアンは、手土産として既に滅してしまった花を持ってきたのだから。

「それ……それは…………」

自分でも、聞き取り辛いほど声が震えていることが分かる。

しかし、どうしようもなかった。

セルリアンが手にしている花が、灯りに照らされてきらきらと宝石のように輝く様を目にしたことで、緊張のため喉が詰まり、声を上手く出せなかったのだから。

なぜならその花は、禁書の中で見た『大聖女の薔薇』に酷似していた。

だが、宝石とも見紛うばかりの美しい薔薇は、大聖女様の存在とともにこの世に現れ、大聖女様が亡くなった際に消滅したはずだ。

「セルリアン、それは、ほ……本物なのか？」

セリルアンの強張った表情と、目の前の得も言われぬほど美しい花の存在から、既に質問の答えを得てはいたが、確証がほしくて確認する。

するとセルリアンは硬い声で、予想通りの答えを口にした。

「ああ、恐らく間違いないだろう。この花の報告を上げてきたのはサヴィスなのだから……弟が自ら調査をさせ、本物らしいとの結果を持ったうえでな」

「そ……本物………」

僕は咄嗟に妹のことを考えた。

コレットは大聖女様に憧れていた。

そんな妹に『大聖女の薔薇』を捧げられるとしたら、それは最高のはなむけになると思われたのだ……あの子に残された時間は、もうあとわずかしかないのだから。

タイムリミットが近付いたこの時期に、『大聖女の薔薇』が見つかったことが奇跡のように思われて、俯いて両手で顔を覆っていると、セルリアンの声が降ってきた。

「ロイド、驚くのはこれからだ。最後の面談者だったフィーアを覚えているか？」

「……ああ、もちろんだ」

あれほど強烈な相手は、忘れようとしても忘れられるものではない。

そう考えて頷くと、セルリアンは爆弾を落としてきた。しかも２つ。

「この薔薇を見つけてきたのはフィーアだ。それも、王城の庭で発見したのだと、サヴィスから報告を受けた」

「フィーアが……王城の庭で？」

そんなことがあり得るだろうか。

確かにフィーアは鋭い観察眼を持っていて、同じ状況下であれば誰よりも多くの情報を入手するタイプだと思いはしたが、既に滅していた花を探してくることなどできるのだろうか？

しかも、発見された場所は、毎日多くの者が行き交う王城だ。

王城内の全ての区画は管理されていて、『大聖女の薔薇』のように特異性を持つ美しい花が咲いたならば、すぐに報告が上がるはずだ。

にもかかわらず、フィーアはそれら全ての者に先んじて、一番に見つけてきたというのか？

「そんなことがあり得るのだろうか？　確かにフィーアは天才型で、非常に頭がいいとは思ったが、今回ばかりはあまりに荒唐無稽過ぎる。大昔に滅していて、そのうえ、僕たちが求めていた大聖女様由来の花を、こんなタイミングで見つけてくるなんて」

そう口にしながら、僕は心の中で自らに語り掛ける。

――――そうだ、僕は探していたのだ。妹を救う方法を。

だが、妹の命の期限が近付いてきたにもかかわらず、手掛かり一つ集めることができない現状に焦った僕は、ならばせめて、妹を天の国へ送るにふさわしい最期の贈り物を探したいと考えたのだ。

そうしたら、完璧なタイミングで完璧な花が探し出されてきた――フィーアという、つい最近知り合った少女騎士の手によって。

「お前に知らせる前に、お前が口にしたのと同じ言葉を、僕は100回自分に言い聞かせた。落ち着こうと思いながらね。だが……僕らが何を思おうとも、事実としてフィーアは見つけてきたのだ」

セルリアンの言葉を聞いて、どくりどくりと心臓が早鐘を打つ。

「……その通りだな」

そう口にすると、僕は深く長いため息をついた。

この花を与えられたことが、自分にとってどれほどありがたいことかを考えながら、震える両手を組み合わせる。

「フィーアは……僕の救世主かもしれない。知らない人から見れば、これはただの花だろう。そしてこれが何物なのかが分かったとしても、多くの者は『昔の偉人由来の由緒ある花だ』と感心して終わるだけだろう。だが、僕にとっては望み続けたものだ。あくまでただの花で、あの子を目覚めさせる役には立たないが……あの子は誰よりも大聖女様に憧れていたから」

喉が詰まったようになって黙り込む僕の代わりに、セルリアンが続ける。

「ああ、大聖女様由来の花を捧げられるとしたら、それはコレットに対する、最上の敬意を表す行為だ」

声を出せる自信がなかったので、僕は無言のまま頷くと、10年前の出来事を思い浮かべた。

――おびただしい血が絨毯を汚していく中、その真ん中で妹は青白い顔をして横たわっていた。

このままにしておけば、妹が間もなく死んでいくことは火を見るよりも明らかだった。

そのため、僕は震える手を伸ばし、これ以上妹の血が流れないでくれと祈りながら、あの子を強く抱きしめた。

しかし、その程度で妹がどうにかなるはずもなく、僕の腕の中で、あの子はくたりと脱力した。

……ああ、早くに亡くなった両親の代わりに、僕が妹を守っていくと誓ったのに、僕には何もできやしないのだ……

どうか妹を助けてくれと、声を限りに叫んだ。

僕の持っている物は全て差し出すから、どうか妹を助けてほしいと、涙を流して訴えた。

しかし、その場にいる聖女の心を動かすことは、僕にはできなかった。

そのせいで――妹は死んでいかなければならなかった。

聖女一人、説得することもできない兄を持ったせいで……

――あの時、自分の無力さを嫌と言うほど思い知らされた。

そして、床に這いつくばり、ただただ絶望感に苛まれることしかできなかった僕に代わり、セルリアンが命を差し出してくれた。

結果、コレットは時を止めて眠り続け、代わりにセルリアンは少しずつ若返っていった。

いや、違う。セルリアンは若返っているのではなく、命を喰われ続けているのだ。

仕えるべき主君であり、親友とも思っている相手に強いた負担の大きさに苦悩する僕に対し、セルリアンはあっさりと言い切った。

「問題ない。どの道、コレットがいない状態で、僕は長く生きることができない」

もちろん、そのことは知っていた。だからこそ……

「逆だろう！　もしもあなたの命に期限が付いたのならば、思うがままやり残したことをやるべきだ！」

すごい形相で言い返す僕に、セルリアンは落ち着いた様子で頷いた。

「もちろん、そうするさ。仕組みははっきり分からないが、どうやらコレットの時を止める代償として、僕は少しずつ命を喰われている。だが、これでも精霊王の血を引く体だから、そう安くはないはずだ。僕を喰らいつくすまでに一定の時間が掛かるだろうから、その間に好きなことをするさ」

「すまない……あなたに感謝する」

僕はセルリアンに向かって深く頭を下げた。

それ以外、彼に対して僕ができることは何もなかったから。

妹を生き長らえさせてくれ、代償に自らは死んでいこうとしているセルリアンに対して何も。

……恐らく、コレットがあのまま亡くなっていたならば、僕は耐えられずに壊れていただろう。

あまりにもあっけなく妹を失っていたならば、僕は無力感に苛まれていただろうから。

そして、僕がもっと上手く立ち回っていれば、妹は助かったのではないかと考え、己を責め、自らを壊してしまったに違いない。

だから、あの時セルリアンは、コレットとともに僕を救ってくれたのだ。

セルリアンが妹の時を止め、猶予期間をくれたからこそ、僕は妹を救うためにありとあらゆる方法を探すことができ、妹のために努力することができるのだから。

そして、『明日こそは』と未来に希望を抱いて、生きることができているのだ。

――そう、僕は妹が眠った日からずっと、コレットを目覚めさせる方法を探し続けてきた。

彼女にかけられたのは、『精霊王の祝福』だ。

セルリアンの強い望みに呼応する形で授けられた祝福であり、セルリアン本人にも解除方法は分かっていない。

そのため、僕は多くの本を読み漁り、片っ端から禁書に目を通したが、妹の救済方法は見つからなかった。

様々な人々と言葉を交わし、多くの場所を訪れてみたが、何の手掛かりも得られなかった。

八方塞がりになった僕は、たとえばもしかしたら――今が３００年前だったならば、大聖女様が何とかしてくださったかもしれない、と夢のようなことを考える。

なぜなら大聖女様は、状態異常を解除できる唯一の方だったのだから。

「ははは、大聖女様は大昔に亡くなったのだから、夢物語もいいところだな。僕は今あるものの中から、解決方法を探さなければいけないのに」

僕は私室の椅子に深く座り込むと、両手で顔を覆った。

自分の無力さに絶望する。

この10年もの間ずっと、毎日毎日、コレットを目覚めさせる方法を探してきた。

けれど、何一つ有効な手段を見つけることができなかった。

それでも、希望を捨てることはできず、だからこそ、毎年、毎年1年分、抱いた希望の分だけすり減っていった。

そして、同じように眠り続ける妹も憔悴していった。

少しずつ少しずつ痩せていき、目に見えて体が小さく軽くなっていったのだ。

体の重さは命が詰まっている証だ。

このまま妹の重みが少しずつ減っていき、羽根のように軽くなった時……妹の命は天に召されるのだろう。

そんな風に、希望を抱きながらも、諦念の気持ちを持つようになってしまった頃――突然、僕のもとに考えたこともない幸運がもたらされた。

とうの昔に滅していたはずの『大聖女の薔薇』が、３００年の時を経て発見されたのだ……

――回想から引き戻されると、僕はもう一度、手の中にある『大聖女の薔薇』を見つめた。

「この花を捧げることで、妹に最上の敬意を表すことができる」

セルリアンとそんな風に喜び合った後、僕は彼とともに、『大聖女の薔薇』を持ってコレットのもとを訪れた。

細く小さくなったコレットに、元気付ける言葉をかけながら花を捧げると、妹がうっすらと微笑んだように見えた。

それは光の加減でそう見えただけかもしれないが、妹が眠り続けて以降初めてのことだったため、胸が熱くなる。

自分勝手にも、妹は今回の贈り物を喜んでくれたような気持ちになったのだ。

感動冷めやらぬまま、感謝の気持ちを伝えたくて、僕はセルリアンとともにサヴィス殿下の執務室を訪れた。

しかしながら、僕らが部屋を訪ねた際、そこには第一騎士団長のシリルがいた。

彼は僕たちの事情を知っている数少ない者の1人だったため、殿下はシリルを同席させたまま僕たちに対応する。

通常であれば、シリルが用事のない場に同席することはないので、僕は疑問に思うべきだったのだが、興奮していたこともあって、セルリアンとともに勧められるままソファに座った。

それから、テーブルを挟んで向かい合ったサヴィス殿下に対して頭を下げる。

「サヴィス殿下に心から感謝いたします。殿下の部下に『大聖女の薔薇』を見つけていただいたおかげで、僕たちは眠れる聖女に最上の敬意を表すことができました」

しかし、僕の言葉を聞いた殿下は、わずかに顔を歪ませた。

そんな風にサヴィス殿下が表情を崩すことは珍しかったため、何か気に食わないことでもあるのだろうかと考えを巡らせる。

そう言えば、コレットのところからそのまま来たので、今日は僕もセルリアンも道化師の格好をしていなかった。

つまり、僕の姿は誰が見てもオルコット公爵だと分かるものだった。

国王一派が王弟一派を訪ねてきたと周りの者に認知されることは、対立している2つの派閥の関係上、好ましくないことは間違いない。

興奮していて普段の配慮を怠った、僕の思慮のなさがサヴィス殿下の気に障ったのだろうなと考えて謝罪すると、殿下はとんでもないことを口にした。

「いや、そうではない。正に今、シリルと『大聖女の薔薇』の話をしていたため、絶妙のタイミングでの訪問に驚いただけだ。シリルから報告を受けたばかりで、何一つ整理できていないが……『大聖女の薔薇』に状態異常を発生させる効能が発見された」

◇　◇　◇

「…………」

「…………」

僕もセルリアンも、咄嗟に言葉を発することができなかった。

求めても、求めても、何一つ得られるものがなかった日々が長過ぎて、突然転がり込んできた幸運を信じることができなかったのだ。

信じたい気持ちと、信じられない気持ちの間で揺れ動く僕らの心情を察したのか、サヴィス殿下が普段よりも柔らかい声を出す。

「通常であれば、一切検証ができていない事柄を報告することはないのだが、案件が案件なので、分かっていることだけでもお伝えしましょう」

そう言うと、サヴィス殿下は彼の隣に座っているシリルをちらりと見た。

突然の朗報に動揺し、体の震えが止まらない僕とセルリアンに対し、サヴィス殿下とシリルは丁寧に説明を始めた。

――――『大聖女の薔薇』についての疑問は、騎士団長会議で生まれたという。

『大聖女の薔薇』の発見について、会議内で情報が共有されたのだが、その際に騎士団長の1人が発言したというのだ。

「『大聖女の薔薇』と言うくらいだから、大聖女様の嗜好に合うような仕様になっているはずだ。大聖女様はローズヒップティーがお好きだったというから、花が終わって実がなれば、それでティーを作ってみればいい。大聖女様の御心が分かるはずだ。花びらを浮かべて飲んだだけでも、簡単な効能は出るだろうが……気まぐれだ」

全ては、初めて耳にする情報だった。

そのため、その話を聞いた時、サヴィス殿下もシリルも『大聖女の薔薇』に何らかの効果が現れるとしても、それは回復効果のみと考えたらしい。

そして、『気まぐれで効能が出る』という言葉も、『回復効果が見られる場合と、見られない場合がある』と解釈したとのことだった。いたって常識的な考え方だ。

しかしながら、その後、騎士団長たちが自主的に開催した『大聖女の薔薇』を使用した茶会で、驚くべき効能が明らかになったらしい。

何と件の薔薇の花びらには回復以外の効果が……それも、状態異常を引き起こす効果が見られたというのだ。

――状態異常効果の発生、あるいはその解除は、大聖女様のみが発動できる魔法だ。

そして、大聖女様の死とともに、遠い昔に失われた魔法だ。

そう自分に言い聞かせながら、口を差し挟むことなくサヴィス殿下とシリルの説明を聞いていたものの、我慢ができなくなり震える声を出す。

「サ、サヴィス殿下……じ、状態異常の発動とはどういうことですか？　それは、大聖女様しか発動できない魔法ですよね!?」

呪術師が魔物と魔道具の力を借りて、「呪い」という形で状態異常を発生させることは稀にあるが、直接的な魔法という形で行使できる者は、これまで大聖女様しか記録がなかった。

そして、大聖女様であれば、自分がかけたものではない状態異常も解除できた。

「その通りだ。この花は３００年ぶりに発見されたばかりのため不明の点も多いが、当時の薔薇も同じように、大聖女の特別な魔法の効能を備えていたと推測される」

サヴィス殿下はいつも通り、淡々とした落ち着いた声で答えてくれた。

普段であれば、そんな殿下の影響を受けて、僕も落ち着いてくるのだが、体の震えはいっこうに止まらなかった。

同じようにセルリアンも震えながら、何とか声を絞り出す。

「そ、そんな都合のいい幸運があるものだろうか？」

その質問に直接的な返事をすることなく、サヴィス殿下は説明を続けた。

曰く、茶会において９杯の紅茶を試したが、そのうちの８杯の紅茶は、重複がありながらも様々な効能を示したこと。

それから、紅茶に浮かべる花びらによって、その効能が異なったこと。

残念ながら、状態異常を解除する効能についてては不明だったが――――そもそも、その効能を確認するためには、状態異常に侵された者が被検体として必要なので、検証することは難しいこと。

全ての説明を聞き終わった後、僕は震えるようなため息をついた。

「ああ……もしかしたら本当に、僕が求めていた効能を備えている花びらが存在するのかもしれないな。もしもその花びらがあれば………」

しかし、その先の言葉が続かなかったため、代わりにセルリアンが言葉を続ける。

「どの花びらを選ぶかが問題だ。彼女はもう限界だから、正しい花びらを選ばないと、体が耐えられないに違いない」

それは言うまでもないことだった。

サヴィス殿下が淡々とした口調で請け合う。

「魔術師団員に検証を急がせます。花びらが宿す効能の種類とその効き目の強さを調べさせましょう」

サヴィス殿下はいつだって頼りになるが、今日のような時は特に彼の存在を心強く感じた。

セルリアンはずっと、落ち着かな気に両手をすり合わせていたが、独り言のように呟く。

「希望というのは恐ろしいものだな。僕は既に、彼女が目覚めるかもしれないとの希望を抱いてしまった。説明を聞いて、万に一つくらいの可能性しかないと理解したはずなのに、これまでゼロだった可能性がゼロでなくなっただけで、何とかなるかもしれないと思えるのだから」

僕も同じ思いだったため、同意の気持ちを込めて、大きく頷いた。

――ああ、僕も夢を見てしまった。

コレットが目を開き、楽しそうに笑い出す夢を。

明日も、明後日も――彼女が楽しそうに笑いながら、ずっとずっと長生きする夢を。

衝撃的な報告を受け、ふらふらとしながら席を立った僕とセルリアンだったが、ふと気になって、退出しようとした扉の前で振り返る。

「サヴィス殿下、先ほどの話では、茶会で試した9杯の紅茶の内、1杯だけ効果が出ないものがあったとのことでしたが、それはどなたのものですか?」

サヴィス殿下は僕を正面から見つめると、落ち着いた声で答えた。

「フィーア・ルードのものだ」

その瞬間、僕は答えを得たような気持ちになった。

彼女以外の出席者は、全員が騎士団長だったものの、特別にフィーアを参加させたのですとシリルが説明していたが、そのことすらも天の配剤に思われる。

……恐らく、状態異常を解除する魔法はあるのだ。

そして、フィーアはその魔法を引き当てたのだ——ただし、彼女が一切の状態異常に侵されていなかったがため、症状としては何も現れなかっただけで。

「……彼女に賭けてみたいな」

廊下を歩きながら、僕はぽつりと呟いた。

このタイミングでフィーアと知り合ったことも、彼女が特別な効能付きのアイテムを見つけてきて、自ら状態異常解除の効能付きの花びらを引き寄せたことも、何かの導きのように思われる。

全てが『フィーアに任せれば上手くいく』と、示されているように感じたのだ。


翌日、さっそくサヴィス殿下から『大聖女の薔薇』の調査結果が示された。

それによると、茶会時に異常なまでに薔薇の効能が出ただけで、調査時にはうっすらとした効能しか現れなかったとのことだった。

「……ああ、これが現実だ。だが、なぜだろう。どういうわけかフィーアが関わることで、正しい道筋が示され、最善の一手が選ばれる気持ちになるんだ」

何の根拠もなく、世迷い言のようなことを口にした僕だったが、セルリアンは理解してくれたようで、同意するように頷いた。

「ああ、そうだな。こんな都合のいい奇跡が、タイムリミット間近になったこのタイミングで発生するとは、何かの啓示ではないかと僕も考えてしまうな」

――そして、後日、僕とセルリアンはフィーアのさらなる優秀さと、考え方のまっすぐさ、最善の一手を選び取る姿を目にすることになり、もう彼女しかいないとフィーアに縋りついた。

大切な、大切な妹の命が懸かった話だ。

よもや他人の手に委ねることがあるとは思いもしなかったが、僕は心から彼女に縋ったのだ。

そして、それはセルリアンも同様だった。

「どうか……コレットが目覚めるための花びらを選び取ってくれ！」

――この結論が、僕とセルリアンが導き出した「最善の一手」だった。

【ＳＩＤＥ】国王ローレンス「世界か君かであれば、君を選ぶ」

王は絶大な権力を与えられる代わりに、多くの我慢と制約を強いられるという。

それでもよかった。

君さえ側にいてくれるのであれば。

コレット、他の全てのものと引き換えにしても、僕は君がいい。

君さえいてくれるのならば、本当に他には何もいらないのだ。


――これは僕が道化師になる前、ローレンスと呼ばれていた頃の話だ。


「ローレンス様～、差し入れを作ってきました！　男子が大好きな、お肉もりもりスープですよ」

「ありがとう、コレット。早速食べてもいいかな？　……すごい匂いだね。そして、スープなのか、これは？　肉の塊しか見えないが」

「そうなんですよー、お肉がスープを吸ってしまって、お肉の塊だけしか残りませんでした！」

「よく見ると斬新な色をした肉だな。緑や紫の肉って……これは一体何を使ったんだ？」

「騎士たちが狩ってきてくれたバジリスクとヘルバイパーです」

「そうか、トカゲと蛇か。肉は肉だが、四足獣の肉がよかったな。いや、すまない。せっかく料理を作ってきてくれたのに、苦情を言うなんて失礼極まりなかった。何というかこう、毒々しい色を見て怖気づいているようだ。……知っているか、ヘルバイパーは毒持ちだ。コレット、念のために腹痛にきく薬を用意してくれ」

そして、料理を食べた僕は2日間寝込んだが、おかげでいくばくかの毒耐性を身に付けることができた。

「さすがコレットだ。王族はいつだって、毒殺されるリスクを負っている。そんな僕に毒耐性を与えてくれるなんて。いや、もう大丈夫だ。実のところ、ヘルバイパーの毒量は把握していたから、うっかり君が毒を取り除き損ねていた場合を考え、致死量以下になるように計算して食べたのだ。だから、既に回復している」

コレットに心配をかけないようにと、僕の体調に問題がない旨を請け負ったが、彼女は僕の枕元で泣きじゃくっており、泣き止む素振りを見せなかった。

そして、そんなコレットの指には、たくさんの傷痕があった。

2日前に料理を差し入れてくれた時、厚手の手袋をしていたことが気になっていたが、やはり料理の最中にたくさんの傷を作り、それを隠していたようだ。

「ふふふ、コレット。だったら、次からは一人でなく、料理人たちとともに料理を作ってくれ。彼らであれば、有害なものが混入されそうになったら、止めてくれるだろうから」

というよりも、彼女のためにもそうするべきだ。

僕が寝込んでいた間、コレットは兄のロイドからこれでもかと説教を食らったようだから。

そして、この2日間、彼女は食事も取らずに、付きっきりで僕の側にいたようだから。

「で、でも、ローレンス様、私はもう料理をしない方が……」

たった2日で痩せてしまったコレットの両手を取ると、僕は彼女の瞳を覗き込んだ。

「コレット、僕が心から食べたいと思う料理は君が作ってくれたものだけだ。最後は毒に倒れてしまったが、あの肉料理も美味しいと思いながら食べていたのだよ。僕の楽しみを取り上げないでくれ」

そう言うと、コレットは涙でぐしゃぐしゃになった顔を上げ、僕を見つめてきた。

そのため、僕は笑顔で彼女を見返すと、優しくその頭を撫でた。

――彼女だけだ。

僕が心から可愛らしいと思い、愛しく感じられる存在は。

コレット・オルコットは、僕の幼馴染であるロイド・オルコットの妹だった。

そのため、彼女が生まれた時から知っている。

当時は、王城を抜け出してオルコット公爵邸に入り浸っていたため、まだ幼かったコレットの泣き声が聞こえる度に、オルコット家の子ども部屋に飛んで行ったものだ。

そうすると、乳母でさえ手を焼くほどに泣きじゃくっていたコレットが、いつだって僕を見るとぴたりと泣き止み、僕に向かって両手を伸ばしながら、無邪気に笑ってくれたのだ。

そこには、王城に跋扈（ばっこ）しているいやらしい下心も、笑顔の下で行われる薄汚い駆け引きも何一つなかった。

「ローレンたまー」と舌足らずな話し方で僕の名前を呼びながら、いつだって一心に追いかけてきてくれる、小さくて柔らかくて甘い香りがする女の子。

幼い頃からずっとコレットを見てきたから、彼女が何を感じていて、何を考えているかを、僕は簡単に理解することができた。

そもそも彼女はいつだって、感情を隠すことなく、全力で好意を示してくれるのだ。

だから――彼女だけは何があっても僕を裏切らないと信じることができる、世界でただ一人の存在だった。

そんなコレットが10歳の時、聖女であると認定された。

3歳の検査では聖女だと判明しなかったため、力が強い聖女ではないと予想されたが、そんなことはどうでもよかった。

『コレットは聖女だった』――それが全てだった。

王族の結婚には制約が掛けられている。

婚姻相手は必ず聖女でなければならず、逆に言うと、『聖女であること』が王族の婚姻相手たりえる唯一の条件だった。

「ローレンス様～！　どこか怪我をしていませんか？　え、なぜそんなことを聞くのかですって？　私は聖女だったんです！　だから、これからはいつだってローレンス様の怪我を治してあげられますよ」

聖女だと判明したことを、そんな風に報告してくる聖女はきっと他にいない。

誰からも尊ばれる聖女になれたことよりも、僕の怪我に関心を持ち、僕の怪我を治せるから聖女になれて嬉しいと微笑む者は、世界中探しても他にいるはずもない。

だから、どこかに怪我をしていないかと僕の体を眺めまわしているコレットの両手を取ると、僕はその場で跪いた。

「コレット・オルコット公爵令嬢、どうかこのローレンス・ナーヴの妃になってください」

「えっ？」

コレットはびっくりしたように目を丸くしたけれど、次の瞬間には大きな声で返事をした。

「はい！　なります、なりたいです、ならせてください!!　私は絶対にローレンス様を幸せにしますから!!」

僕のコレットは男前だと思う。

「か弱き公爵令嬢から『幸せにする』と言われてしまったが、その通りだな。君が側にいると約束してくれたから、僕は未来永劫幸せでいられる。コレット、僕も絶対に君を幸せにする。君のために勇敢であるし、君が幸福であるように常に尽力すると約束する」

跪いたまま見上げると、コレットはぱあっと花が咲くように笑った。

その時、風が吹いてきて、公爵家の庭に咲いていた色とりどりの花が風に舞う。

そして、コレットを祝福しているかのように、彼女の周りをふわふわと花びらが取り囲んだ。

――僕は絶対に、この幸福な瞬間を覚えていよう。

決して色あせさせることなく、新鮮な気持ちで、この感動を覚えていよう。

そして、僕の幸福は彼女の隣にしかないことを、僕自身に刻み付けるのだ。

「コレット、絶対に君を幸せにするから」

僕はもう一度、同じ言葉を繰り返すと、立ち上がって彼女を抱きしめた。


――6年後、日一日と僕を魅了し、夢中にさせ続けた僕の聖女は、眠りに就いた。

そのため、僕が享受していた楽しくて、笑いに満ちて、輝いていた日々は終わりを告げる。

決断を迫られた僕は、即座にコレットを選んだ。

世界か君かであれば、迷うことなく君を選ぶ。

もう王でありたいとは望まない。ただコレットが目覚めることだけに尽力する日々を送るのだ。

種類は違えど、やはり辛酸をなめたサヴィスに重責を負わせることだけが心苦しかったが、弟が逃げることはなかった。

「兄上、この国をお預かりします」

そう応えたサヴィスは、まっすぐ前を見つめていた。

そんなサヴィスはどこまでも高潔だったが、僕は彼に一抹の憐憫（れんびん）を覚える。

――弟は恋を知らないし、「たった一人」に選ばれる喜びも、幸福も知らないのだ。

サヴィス自身がそのことに価値を感じておらず、求めてもいないのだろうが――これほど国のため、騎士のためにと尽くせる者が、愛情深くないはずがない。

そして、玉座はとてつもなく孤独だから、一人きりで座り続けることなどできるはずもないのだ。

「いつか、僕にとってのコレットのような者が、お前の前に現れることを願うよ」

王である僕から王になるサヴィスへ、心からの言葉を発したと言うのに、弟は興味がない様子で肩を竦めた。

「もちろん現れるでしょうね。教会がオレに相応しい聖女を選定してくれるはずです」

「サヴィス、そうじゃない！　僕が言いたかったのは『婚姻相手』ということではなく、『心を預けることができる相手』ということだ」

「……オレには必要ありません」

そう言い切ったサヴィスは、全てを拒絶するような表情を浮かべていた。

そのため、それ以上彼に掛ける言葉を見つけることができず、僕は口を噤む。

サヴィスが王族である以上、聖女としか婚姻を結べないが、彼が聖女に心を開くことはないだろう。

――そして、王であることを放棄し、彼に全てを押し付けた僕は、これ以上彼に発する言葉を持っていないのだ。

「お前の未来が幸多からんことを祈っているよ」

それでも、大きなものを背負った弟に幸せになってほしくて、僕はそう口にした。


それから10年。

コレットが目覚める方法を探し続けるも、成果のない日々を送り続けた僕のもとに、一人の少女騎士が現れた。

その出会いによって、僕の未来は新たな局面を迎えるのだが――そして、その時の僕は、コレットが目覚めてくれることだけを願う余裕しかなかったが――心のどこかで、サヴィスにも僕のように、運命を変えるような出逢いが訪れてくれることを願ったように思う。

『どうか、王となるサヴィスにも、いつか「心を預けることができる相手」が現れますように』

――それは孤独な玉座に座るべき者への、心からの祈りだった。

ザビリア、「粛清リスト」を更新する

「うーん、何とも悩ましいな」

寮の窓際のお気に入りの場所に座ったザビリアが、足元に散らばった数枚の紙片を見ながら、悩む様子で声を上げた。

そのため、何をしているのかしらと思いながら声を掛ける。

「ザビリア、何を見ているの？」

「んー、『粛清リスト』だよ。久しくそのままにしていたので、そろそろ更新しようかと思って」

ザビリアは紙片を見つめたまま、黒い尻尾を左に右にと振りながら答えた。

そのいかにも集中していますという態度と、発せられた単語の不穏さに、私の口から呻くような声が漏れる。

「粛清リスト！」

そういえば、ザビリアはそんな物騒な物を作っていたのだったわ。

私は即座にザビリアに近寄ると、可愛らしい黒竜が書き付けている、可愛らしくないリストに目

をやった。

すると、そこには私が見知った名前がびっしりと書いてあった。

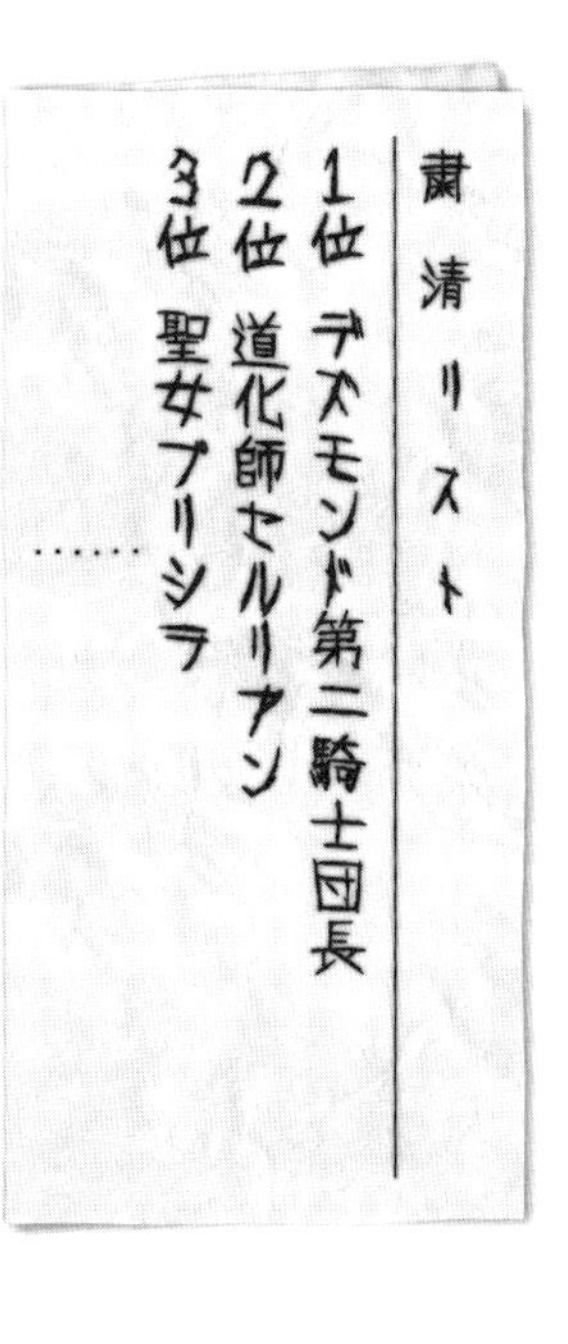

粛清リスト
1位 デズモンド第二騎士団長
2位 道化師セルリアン
3位 聖女プリシラ
……

「ひいっ！　ザ、ザビリア！　す、既にリストが更新してあるじゃないの!!」

前回目にした時とは異なる名前が羅列してあったため、驚いて飛び上がる。

けれど、ザビリアはよっぽどリストが気になるのか、顔も上げずに紙片を見つめていた。

「まだ15位までしか書いてないよ。16位は……」

「い、いや、もう十分だと思うわよ！　というよりも、こんな物騒なリストを作成する必要があるかしら？　ほ、ほら、最近のザビリアは自由に王城内を飛び回れるようになったから、私の護衛は完璧でしょう？　いちいち粛清する必要なんてないんじゃないかしら」

ザビリアの両肩を摑んでゆさゆさと揺さぶると、やっとザビリアは顔を上げて、こちらを見つめてきた。

「そうかな？　何かが起こってからでは遅いから、前もって排除しておくべきじゃないの？」

「は、排除!?　ま、まあ、ザビリアったら恐ろしい単語を使うわね。ええと、心配してもらうのはありがたいけど、私は大丈夫よ。それに、私の周りに排除すべき危険人物なんて一人もいないから。リストの3位になっているプリシラ聖女なんて、一度しか会っていないしね！」

何とかザビリアを思い留まらせようと、思いつくまま口にすると、ザビリアは鼻の頭に皺を寄せた。

それから、当時のことを——私が公爵邸にお邪魔して、プリシラと会話を交わした時のことを思い出しているような表情で口を開く。

「一度で十分なくらい、彼女の態度は目に余ったよね。事前にフィーアと約束していたから、大人しくしていたけど、あの無礼さは目に物を見せてもよかったんじゃないかな。フィーアと約束したのは、『何が聞こえても、空間を切り裂いて公爵邸に現れない』ということだけだったから、空間を切り裂かずに飛んで行こうかと思ったくらいだよ」

「ひーっ！　とんちクイズじゃないんだから、そんな言い回しの違いを利用するのは止めてちょうだい!!　この間も言ったけど、プリシラは聖女仲間であって、敵ではないからね！　ただでさえ聖女の数が少なくて、皆さんが困っているのだから、プリシラを傷付けてはいけません!!」

不満そうな表情を見せるザビリアの気を逸らそうと、リストを見ながら話を続ける。

「それに、この2位になっているセルリアンは小さな子どもじゃないの！　偉大なる黒竜様は、子どもを傷付けないものよ!!」

「外見はそうだけど、中身は29歳の国王だよね。責任の一端を弟に分散させておいて、権能だけは手放さないって、あれは厄介なタイプだよ。自分が欲しいもののためは、他の何だって犠牲にするはずだから」

まあ、ザビリアは鋭いわね！

確かにセルリアンは、コレットを助けるために、彼自身の命すら犠牲にしているもの。

「手にする権力が大きくなるほど、要望も大きくなるものだ。そして、フィーアにしかできないことがたくさんあるから、巻き込まれて大変なことになる未来しか見えないな。このまま放置すると、フィーアに絡みつく巨木になるだろうから、若い芽のうちに摘んで、千切って、バラバラにしておかないと」

「つ、摘んで、千切って、バラバラにする!?　や、やり過ぎだわ!!　セルリアンの弟であるサヴィス総長はすごく背が高いけど、セルリアンはそんなに大きくならないと思うわよ。むしろ、年々、身長が縮んでいってているみたいだから、安心してちょうだい。きっと巨木になんてならないし、いつまで経っても、ザビリアが気付きもしない低木のままだと思うから!!」

「そういうことを言っているんじゃないんだけど……」

ザビリアがぶつぶつと続ける言葉を聞こえない振りをすると、私はリストの1位に書かれた人物を読み上げた。

「そして、1位の人物は……デズモンド団長！　ああ、妥当なセレクトね！　い、いえ、その、悪い人ではないんだけど、楽しいことが好きで、すぐに調子に乗るお茶目さんよね」

そして、大きなことを言ったり、からかったりしてくるのだ。

そんなデズモンド団長であるから、もしも彼の言動の半分でも真に受けたとしたら、ザビリアが彼を危険人物だと見做しても不思議はない。

だけど、デズモンド団長はずっとあの性格で生きてきたから、今さら変えることは不可能だろうし……と、頭を悩ませていると、ザビリアが尻尾をぴしりと床に打ち付けた。

「フィーアに対する彼の無礼さは、疑問の余地がないよね。僕が背後にいることを知りながらあの態度なのだから、僕を挑発しているとしか考えられない。だから、正面から対峙するつもりだけど、後顧の憂いを断つために、多くの耳目がある場所で彼を黒焦げにした方がいいと思ってね。絶好の機会を探っているところなんだ」

「ひ――――！！　ザ、ザビリア、却下、却下だわ!!　デズモンド団長は毎日、長時間労働をしているから、疲れ過ぎていて、自分が何を言っているのか分かっていないのよ!!　ザビリアが耳にしているのは、ぜーんぶデズモンド団長の世迷い言だわ!!　あれらの言動は、いちいち真面目に相手をするものじゃあないから」

ザビリアの態度から、これは本気でデズモンド団長を懲らしめる気だわと感じた私は、慌てて制止の声を上げる。

すると、ザビリアは考える素振りを見せた。

「……そうかな？」

そのため、私はここぞとばかりに言い募る。

「そうです、そうです!! 私の可愛らしくて、賢いザビリアの時間を使うような問題じゃあないわ」

それから、強引に話題を変えることにした。

「ところで、ザビリア！ 最近、ギザ峡谷から連れて帰ったギザーラが卵を産んだらしいわよ!! 見に行かない？」

話題のセレクトがよかったのか、ザビリアが興味を示す。

「ああ、あのおかしな騎士のおかしな行動を見に行きたいってこと？」

「おかしな騎士？」

以前、ザビリアが同じ表現を使った時は、クェンティン団長のことを指していた。

「まあ、またクェンティン団長が何かをやらかしたの？」

元々、クェンティン団長は突拍子もないことをしでかすことがあるけれど、魔物がからむとその傾向が加速するのだ。

そして、ギザーラはクェンティン団長の従魔だから、何かをやらかしたとしても不思議ではない。

きっとザビリアは城内を飛び回っている時に、クェンティン団長の何らかの行動を目にしたのだろう。

「うーん、説明してもいいけれど、百聞は一見にしかずだから、見に行ってみる？」

「わあ、興味があるわ！　ぜひ行きましょう!!」

正直に言うと、ザビリアをして『おかしな騎士』と言わしめるクェンティン団長に、これっぽっちも近寄りたくはなかったけれど、ザビリアの気を『粛清リスト』から逸らすことが第一目的なので、背に腹は代えられないとはしゃいだ声を出す。

それから、私はザビリアが手離したリストを、さり気なく窓際の隅に押しやった。

「さあ、行きましょう！」

「あのグリフォンは僕らが連れてきたから、大変なことになる前に様子を見に行くことは大事だよね。……じゃあ、リストはその後だね」

げふん。さすがザビリア、リストのことを忘れていなかったわ。

どうやらただの先送りになってしまったようだ。

そのことに気付いた私は、がくりとうなだれる。

で、でも、ギザーラやクェンティン団長に会って、楽しい気分になったザビリアが、粛清リストなんてどうでもよくなるかもしれないしね！

そう希望的観測を抱くと、私はザビリアの気まぐれに期待しながら、ともに従魔舎へ向かったのだった。

【SIDE】カーティス「休暇の正しい使い方」

「女子寮へ続く歩道が荒れているな」

城内の見回りをしていたところ、フィー様が暮らす騎士専用の女子寮へ続く歩道にへこみがあることに気が付き、足を止めた。

「これでは、フィー様が足を取られて転んでしまうかもしれない」

へこみは深いものではなかったが、フィー様の集中力は並ではないので、何事かを考えながら歩いていた場合、つまずく可能性は高いだろう。

その日はちょうど仕事が休みだったため、私は作業をしようと考えながら袖をまくった。

備品庫から砂袋を運んできて、へこんだ部分を砂で埋め、おうとつがなくなるように土をならす。

しばらくすると、へこみがなくなったため、満足して眺めていると、たまたま通りかかったデズモンドから奇妙なものを見る目つきで見つめられた。

「カーティス、私服を着ているからお前は休みだよな。そんな日にわざわざ、何をやっているんだ?」

「見ての通り、女子寮への道が平らになるようならしていた。これで、万が一にもフィー様がつまずくことはないはずだ」

誇らしげに午前中の成果を報告すると、デズモンドはまなじりをつり上げた。

「お前、それは天下の騎士団長が、わざわざ休みの日にやることか!?」

「その通りだ!!」

愚問だな、と思いながら堂々と返すと、デズモンドはがくりとうなだれた。

「……そうか。オレは超過勤務続きという我が身の不運さを呪っていたが、お前の休暇の使い方を見ると、まだオレの一日の方が有用な気がしてきたな」

デズモンドは話をしているうちに元気がでてきたようで、最後は朗らかな表情を見せた。

そのため、私は「よかったな」と言って、デズモンドと別れた。

食堂の横を通ると、料理人たちが叫んでいる声が聞こえた。

「えっ、フラフラ鳥の肉が届かないって、どうするんだよ！　夕食用の肉だぞ！　体の99％が肉で構成されている騎士たちの食事だぞ!!　野菜だけを出したら、反乱が起こること間違いないじゃないか!!」

「そうは言われても、届かないものはどうしようもないでしょう!!　あああ、こんな時に限って、ハムやソーセージも切らしているんですよね!!」

「おいおい、本当に葉っぱしかないのか!? 無理だ、無理、無理!! この食材で、騎士たちが怒らないわけがない!!」

立ち止まって話を聞いていたが、料理人たちの嘆きがひと段落したところで声を掛ける。

「ここから『星降の森』まで片道1時間程度だ。往復の時間を考えると3時間ほどかかるが、それでよければ魔物を狩ってこよう」

私の言葉を聞いた料理人たちは、驚いた様子で目を見開いた。

返事を待っていると、料理人の1人が恐る恐る口を開く。

「え、あの……騎士団長の人数は少ないので、全員の顔を覚えているのですが、あなた様は騎士団長ですよね? 見たところ、本日はお休みのようですが、こんなことをお願いしてもいいんですか?」

「問題ない。今夜のメニューから肉が欠けることの方が問題だ」

「そ、その通りですね!! 飢えた騎士全員を相手にしなければならなくなりますものね!!」

私の言葉を誤解したらしい料理人が、語気を強めて同意する。

ふむ、私は『フィー様の夕食に』肉が欠けることは問題だと発言したつもりだが、『騎士たち全員の夕食に』と誤って捉えられてしまったようだ。

大きな問題はないが。

私は踵を返すと、馬を借りるために厩舎に向かった。

「フィー様は肉料理がお好きなようだから、夕食に肉が欠けるわけにはいくまい」

それに、フィー様はもう少し身長が高くなることをお望みらしい。

そうであれば、やはり骨や筋肉の元となる肉料理は欠かせないだろう。


きっかり3時間後、私は鹿型の魔物を1頭食堂に届けた。

すると、大袈裟なくらいに料理人たちから感謝される。

「あ、ありがとうございます!!」

「これで、今夜、騎士たちが暴動を起こす未来から解放されました!!」

「騎士団長様であれば食堂が異なるので、料理を作ってお返しするというわけにもいきませんが、何かできることはないでしょうか!?」

必要ないと返したが、何なりとお返しをさせてくださいと食い下がられたため、それならばと1つの要望を述べる。

「では、鮮やかな赤い髪をした女性騎士が食堂を利用する際には、彼女が望むだけの肉料理を提供してくれ」

「「「お約束します!!」」」

素晴らしい約束を取り付けた私は、満足して一般騎士用の食堂を後にした。

夕食までは時間があったので、『星降の森』から持ち帰った袋を手に持つと、城内の東側に向かった。

あの場所には「緑の回復薬の泉」があるので、フィー様が度々訪れることを知っていたからだ。

泉に到着すると、私は手に持っていた袋から少しずつ薬草を取り出し、その場所に植えていく。

それらの薬草は王城に生えてない種類ばかりのため、フィー様が興味を持たれるのではないかと考えて、『星降の森』から採取してきたのだ。

そして、フィー様が訪れるこの場所に植えることにしたのだ。

無心に作業をしていると、ふっと影が差したため顔を上げる。

すると、訝し気な顔をしたザカリーが立っていた。

「カーティス、お前は一体何をやっているんだ？　なぜ王城の庭に、雑草を植えている？」

もちろん、私が植えているのは全て薬草だったが、現在では薬草であることを忘れ去られ、草として扱われている種類のものも交じっていたため、無難な答えを返す。

「フィー様はこのような素朴な植物がお好きなのだ。もしかしたら興味を抱かれるかもしれないと思い、彼女が訪れそうな場所に植えていたのだ」

「……お前は健気な奴だな。もちろんフィーアは悪い奴じゃねぇが、お前にしろ、クェンティンにしろ、フィーアにかかわると異常行動を取り出すことはいただけねぇな」

私の言葉を聞いたザカリーは、思ったことを素直に口にしたようだが、気に掛かる表現があったため聞き咎める。

「私とクェンティンが似ていると言うのか？」

「あ、いや、お前の方がだいぶまともだな。さっき、クェンティンと話をしたが……オレは今後一切、あいつには近寄らないと決意したところだ！」

大きな体をぶるりと震わせるザカリーを見て、この気のいい男が避けようとするなんて、クェンティンは一体何をやらかしたんだと訝しく思う。

しかし、すぐに『魔物絡みだろうな』と結論を出すと、言うべきことを言い終わった様子のザカリーと別れた。


薬草を植え終えたタイミングで、ちょうど辺りが暗くなってきたので、食堂に行くことにした。

騎士団長専用の食堂に到着すると、デズモンドとザカリーが2人で食事をしているところだった。

デズモンドから手招きをされたので近付いていくと、頭の天辺から足の先までをじろじろと確認される。

「カーティス、お前、朝見た時と同じ服装だよな？　何で怪我一つしてないんだよ」

デズモンドの質問の意図が分からず、彼の顔を見返す。

「どういう意味だ？　怪我をする理由がないから、怪我をしていないだけだ」

そう答えながら2人と同じテーブルに着くと、料理人がトレーに載せた夕食を運んできてくれた。

視線を落とすと、フラワーホーンディアの肉料理が載っている。

同じように皿に盛られたフラワーホーンディアの肉をフォークに突き刺したザカリーが口を開いた。

「さっき料理人から聞いたが、この肉は一般騎士用の食堂からお裾分けがあったとのことだ。『崇高なるカーティス騎士団長があっという間に魔物を狩ってきて、一切の恩を着せることなく提供してくれたと、一般騎士用の料理人たちが感激しておりました!!』との説明を受けたな」

ザカリーの確認するような言葉に、「ああ」と答える。

「夕食用の肉が手に入らないと、料理人たちが嘆いている声を聞いたからな。フィー様は成長期のため、一食でも肉料理を切らすわけにはいかないと考えただけだ」

私は至極まともな発言をしたのだが、デズモンドは私の答えが気に入らなかったようで、ばしんとテーブルを叩いた。

「カーティス、お前はまたフィーアかよ！　というか、この肉はフラワーホーンディアだろ!!　お前、あの魔物を一人で狩ったのか？　そして、『星降の森』に一人で入ったのか!?　どんな魔物が出るか分からないのに、一人で森に入る馬鹿がいるか!!」

「問題ない。元々、入り口から30分で到達できる場所までしか侵入する予定はなかった。その範囲であれば、大した魔物は出てこない。想定外の魔物が出たとしても、倒せはしなくとも退避は可能だ」

冷静に説明したが、デズモンドは激高した様子で言葉を続ける。

「お前のその自信はどっからくるんだよ！　あの森に生息する全ての魔物を把握しているはずもないんだから、どんな魔物が出るか分からないだろう！　先日なんて、青竜に黒竜まで出たんだからな!!」

どうやらデズモンドは私のことを心配しているようだ。

ありがたいことだな、と思った私は、危険なことは何一つやっていないと説明することで安心してもらおうと考え、同じ言葉を繰り返す。

「私はそれらの凶悪な魔物を倒せるとは言っていない。退避可能だと言っているだけだ」

「その発言が既に、自信過剰なんだよ!!　竜から退避できるとしたら、すごいことだぞ！」

前世において、怪我一つすることなく、ほぼ一人で4頭の青竜を倒した元上司を思い出し、あの行為に比べたら、竜から退避することなど何でもないのだが、と心の中で独り言ちる。

しかし、口に出すわけにはいかないので、「そうか、善処しよう」と言うに留めた。

しばらく食事をしていると、デズモンドとザカリーの口が軽くなってきたようで、ぺらぺらと思い付くままに様々なことを話し出した。

黙って聞いていると、話がひと段落したところで、デズモンドが私に顔を向け、苦情を申し立て始める。

「カーティス、そもそもお前は、休みを何だと考えているんだ!? 午前中はフィーアが転ばないようにと女子寮の前の道を平らにし、午後からはフィーアに肉を食わせようと凶悪な魔物を狩ってくる！ 一日中、フィーアばかりじゃないか!!」

それの何が悪い、と思ったので黙っていると、ザカリーがデズモンドの言葉を引き取った。

「デズモンドの言う通りだな。だが、この話には続きがあって、カーティスは魔物を料理人に引き渡した後、城の東側で草を植えていたぞ。全く意味不明な行動だが、フィーアが喜ぶかもしれないと考えたらしく、やはりフィーアのための行動だった」

「は？ 草を植える？ カーティス、お前は休みをもっと有効に使えよ！ ははっ、だが、改めて考えてみても、カーティスの一日よりは超過勤務なオレの一日の方が有用に思えるな!! なるほど、カーティスの無意味な休暇も、オレの気分を浮上させるためには役に立つじゃないか!!」

デズモンドは好き勝手なことを言った後、考える様子で腕を組んだ。

「だが、草を植えるって何だ？ 確かにフィーアはよく草を摘んでいるが、まさかあれらの草は全部、お前の仕込みだったのか？」

「全てではない。今日はたまたま『星降の森』に出掛けたため、目についた草を採取してきただけだ」

オレの答えを聞いたザカリーとデズモンドは、呆れた様子で首を振った。

「お前……、城内の草を西側から東側に植え直しているのかと思ったが、わざわざ森でむしってきた草を植えていたのか？」

「完全に休暇の無駄遣いだな！」

フィー様のための行為を無駄だと表現されたことにムッとしたため、私は２人に問いかける。

「では聞くが、休みというのは、好きなように過ごしていいものではないのか？」

「……もちろん、その通りだ」

私の質問の意図が分からなかったのだろう。

デズモンドとザカリーは戸惑った様子を見せた後に、私の言葉を肯定してきた。

さらに、それだけではなく、間を置かずにザカリーが言い募る。

「お前の言う通り、好きなことをして過ごしていいから、お前は自分のために時間を使え!!」

その言葉を聞いて、どうやらこれまでの発言は、思いやりのつもりで発していたらしいと、遅まきながら２人の気持ちを理解する。

全くの見当違いだが。

「もちろん、そうしているさ。私は私がやりたいことをやっているのだから」

そのため、理解してもらおうと嘘偽りない心情を返すと、今度はデズモンドが諭すような言葉を口にした。

「冷静になれ！　一部、よく分からない行動が交じっているが、お前がやっていることは全て、フィーアのためにやっていることだぞ!!　そうではなく、お前が満足するよう、お前自身のために時間を使えということだ!!」

「だから、そうしていると先ほどから繰り返している！　私は私が身に着ける物を購入したり、日用品の手入れをしたりすることがあるが、それらは必要だから行っているのであって、実際には無駄な時間だと感じている。私が満足するのは、フィー様のために時間を使っている時だけだ！！！」

何度も繰り返したことで、やっと私の真意が伝わったのだろう。

2人は大きく目を見開くと、無言のまま見つめてきた。

「…………」

「…………」

そのため、私は念押しとばかりに、さらに自身の言葉を補強する。

「いいか、私は最高の時間の使い方をしている！　これが休暇の正しい使い方だ!!」

――2人はしばらく無言で私を見つめた後、こくりと静かに頷いた。

そのため、私は一仕事終えたような気持ちになる。

こうして、私はやっと、休暇の正しい使い方を同僚に理解させることができたのだった。

【SIDE】クェンティン「クェンティン・アガター（29歳・独身）、母になる」

「ク、クェンティン団長、そ、その腹はどうしたんですか!?」

調べたいことがあって、本棚から本を取ろうと椅子から立ち上がったところ、ギディオン副団長の驚愕した声が響いた。

どうやらこれまでは執務机が邪魔をして、オレの腹が見えなかったらしい。

そのため、初めてオレの腹を見たギディオンが驚くのは分かるが、声が大き過ぎる。

オレはギディオンを睨み付けると、小さな声で叱責した。

「大きな声を出すな！　腹の子が目を覚ますだろうが!!」

「は、はらのこ!?」

大袈裟なほどにのけ反って、オレの腹を凝視してくるギディオンを前に、オレは誇らしげに胸を張った。

ああ、世の母親は、妊娠した際にこれほど誇らしげな気持ちになるのだな、と考えながら。

「そうだ。オレはこれからしばらくの間、母親業を優先させる。まずは腹の子が無事に生まれるよう、最良の環境を整えたいから、オレの前では絶対に大声を出すな！　オレを揺さぶらず、走らせず、静かに過ごせるよう努めてくれ」

「……は、は、はい」

理解していない様子ながらも従う様子をみせた副官を前に、オレは満足して頷くと、本を手に執務机に戻った――グリフォンの卵一個分だけ膨れた腹を撫でながら。


新たに従魔となったグリフォンの王であるギザーラが卵を産んだのは、昨夜遅くのことだ。

最近のオレは、ギザーラがいつ産卵しても手助けできるようにと、従魔舎に泊まり込むのが常だった。

昨夜はギザーラが常になくそわそわした様子を見せたため、いよいよその時が来たのかと、緊張しながらギザーラを見守っていた。

すると、しばらくの後、ギザーラは一抱えほどある大きな卵を産んだのだ――それも2個。

満天の星が輝く中、新たな命が産み落とされた瞬間の感動を、オレは生涯忘れることはないだろう。

「ギザーラ、よく頑張った！！！　お前は世界で一番素晴らしい母親だ!!」

感動にむせび泣くオレを尻目に、ギザーラは産み落とした2個の卵を冷静に見比べていた。

それから、1個を足で遠くに蹴りやると、残った1個の上にゆっくりとしゃがみ込む。

「ギザーラ！　いくら卵の殻が堅いにしても、足で蹴るのは止めた方がいいぞ!!　割れたらどうするんだ！　というか、体を上げろ！　2個同時に温めればいいだろう」

オレは慌てて遠くに蹴りやられた方の卵を拾うと、大事に抱え込み、ギザーラのもとまで運ぶ。

しかし、ギザーラはぷいっと明後日の方向を向くと、オレが運んだ卵を腹の下に入れようとはしなかった。

「ギザーラ、この卵を温める気はないのか？」

普段は情け深い様子を見せるギザーラらしからぬ行動を前に、不思議に思って問いかけると、彼女は煩わしそうに口を開いた。

「グリフォンは基本的に1個の卵しか産まないし、1頭の子しか育てない。稀に卵を2個産む時があるが、その場合でも大きい方の卵しか温めない」

「何だと!?　だったら、この小さい方の卵はどうするのだ？」

驚愕して問いかけたが、ギザーラはあっさりと返事をする。

「我の関するところではない。我は既に卵を選んだ」

きっぱりとそう言い切り、もはや小さい方の卵には興味がない様子のギザーラを見て、野生のグリフォンの厳しさを目の当たりにしたと愕然とする。

「……そうか。だとしたら、この卵はオレがもらっても構わないな？　オレが温めて、この雛を孵(かえ)そう！　今日からオレが、この卵の母親だ!!」

熱意に燃えるオレとは対照的に、ギザーラは冷めた声を出した。

「…………ご苦労なことだな」

「ちっとも苦労ではない!!」

オレはそう答えると、グリフォンの立派な母親になると決心したのだった。


明けて、本日。

オレは騎士服の内側に卵を入れ込むと、両手で大事に抱え込んだ。

一日中、部屋に引きこもって、卵を温め続ける生活をしたいと思ったが、働かないわけにもいかないので、卵を懐に入れて過ごすことにする。

ギザーラの卵は人の頭ほどの大きさだったため、誰が見ても分かるほどに腹が膨れていた。

そのため、すれ違う人々はぎょっとした様子でオレの腹を見てきたが、そのうち慣れてくれるだろうと、素知らぬ顔で通り過ぎる。

すると、多くの者はオレに構わないでいてくれたが、厄介なことに、稀に大声を出してオレを呼び止める者たちが現れた。

「クェンティン、何だその腹は!?　さすがに食い過ぎだろう!!　訓練場に来い!　オレがその腹を引き締めてやる!!」

それはいつだって騎士団長たちで――――今回、オレを呼び止めたのはザカリーだった。

「これは脂肪ではなく、オレの子だ！　そして、オレは間もなく母親になるのだから、放っておいてくれ！　というか、子が驚くから大きな声を出すな!!」

できるだけ小声で苦情を言うと、ザカリーは目を剝いた。

「……お前、何を言っているんだ？　お前の発言はいつだって理解し難いが、今回のお前は正気を疑うレベルだぞ」

どうやらオレの端的で明瞭な説明を理解できなかったようだ。

これまでザカリーのことはしっかりした騎士団長だと思っていたが、頭が悪かったのだなと残念に思いながら、丁寧に説明する。

「オレは間もなく子を産む。初めての経験だから、いつ子が生まれるかは分からない。これからのオレは、腹の子が無事に生まれてくることに全力を傾けたいから、オレに激しい運動をさせたり、無茶をさせたりするな。訓練場での訓練など、最も忌避すべきものだぞ」

「………………そうか。オレが悪かった。今後一切お前には近寄らないから、無事に子を産め」

言葉を尽くせば、ザカリーは理解できるようだ。

しかし、どういうわけか、ザカリーらしからぬ一歩引いたような態度でオレから距離を取ると、そそくさとどこかへ行ってしまった。

その後、クラリッサやデズモンドにも遭遇したが、この2人もいちいち大騒ぎをしてきて、騒がしいことこのうえなかった。

そのため、対応に苦慮したオレは、早々に執務室に逃げ込むことにする。

そして、ギディオンに驚愕され、今に至るのだが……


「はあ、大きめに作っていた騎士服があったから、そちらを着てきたが、それでも腹回りが苦しいな。世の母親は、これほど窮屈な思いをしているのだな」

普段は何も入っていないスペースに、赤子が一人入り込むのだから、妊娠した母親はさぞ苦しかろう、と思いながら服の上から卵をさすっていると、ノックの音が響いた。

「入れ」

声を掛けると、ゆっくりと扉が開き、肩の上に黒竜王様を乗せたフィーア様が顔をのぞかせた。

「黒竜王様！　フィーア様！　お二人揃ってどうしたのですか」

慌てて椅子から立ち上がり、扉口まで向かうと、オレの姿を見たフィーア様が驚いたように目を見開いた。

「まあ、ギザーラの言った通り、クェンティン団長も卵を温めているんですね！」

どうやらフィーア様は、先にギザーラのところに寄ってきたようだ。

「ええ、グリフォンは1つの卵しか温めない性質を持っているようですから、オレがこの卵の母親になることにしました！」

胸を張って宣言すると、フィーア様は嬉しそうに微笑んだ。

「それはいい考えですね！　鳥は孵化(ふか)して最初に見たものを親と思うらしいので、鳥型の魔物であるグリフォンにも同じ行動が見られるかもしれません。クェンティン団長のように肌身離さず卵を身に付けていると、一番に顔を見てもらえる確率が上がりそうですよね！」

　フィーア様に説明した内容と同じようなことを、ザカリーにも、ギディオンにも、クラリッサにも、デズモンドにも説明したが、誰もフィーア様と同じようには賛同してくれなかったし、有効な助言もしてくれなかった。

　やっぱりフィーア様は素晴らしいなと感服していると、彼女の肩に止まっていた黒竜王様が頷きながら口を開いた。

「卵の父親は知らないけど、掛け合わせ次第では、ギザーラよりも優秀な個体が生まれる可能性があるよね。実際に優秀な個体が生まれた場合、通常であれば、雛がある程度成長した時点でクェンティンは食べられるはずだから、その防止策として刷り込み(インプリンティング)は必要だろうね」

　ギザーラとオレを比較すると、ギザーラの方が何倍も多くのエネルギーを持っている。

　つまり、一対一でやり合ったらオレが間違いなく負けるだろうから、ギザーラよりも優秀なグリフォンが生まれた場合、オレは瞬殺されるだろう。だから、黒竜王様の助言は正しい。

「心して、子が生まれたら一番にオレの顔を見せるようにします！」

　そのため、真剣な表情で約束すると、黒竜王様はおかしそうに顔をほころばせた。

「命懸けで卵を孵そうとするなんて、本当に変わった騎士だな」

一方、フィーア様は驚いた様子で目を見開いている。

「えええ、クェンティン団長はそんな覚悟を持って卵を温めているんですか!?　一生懸命温めて卵を孵し、育てた雛に襲われるとしたら、こんなに悲しい話はないですよね！　それなのに、クェンティン団長は大きなリスクを背負ってまで、グリフォンの母親になろうとしているんですね!!」

「人の子を産む場合も、母親は稀に、出産時に命を落とすと聞きます。母親になるというのは、それほど大変なことなのです!!」

膨れた腹に手を当てながら力説すると、フィーア様は感心したように頷いていた。

部屋の隅では、ギディオンが「オレは一体何を聞かされているんだ」と頭を抱えていたが、お前に話をしているつもりはない、と心の中で言い返す。

一方、フィーア様はきらきらとした目でオレを見上げてきた。

「クェンティン団長はすごいですね！　独身の男性で、これほど母親について語れる方を、私は他に知りません!!　団長は間違いなく、立派な母親になりますよ!!」

そんなフィーア様の言葉を聞いたオレは、何て素晴らしいことを言ってくれるのだ、と感動しながら返事をする。

「ありがとうございます、フィーア様!!　期待に恥じぬよう、立派な母親になります!!」

滅多にないことに、オレとフィーア様の心が一つになった瞬間だった。

そんなオレたちを見ながら、フィーア様の肩では、黒竜王様が「世話焼きの母親になりそうだよね」とおかしそうに笑っていた。

未来は明るく、オレは間もなくグリフォンの雛に会える予感を覚えたのだった……

セラフィーナと騎士団長食事会（３００年前）

「今日は魔物が多く出たのか？」

日当たりのいいテラスで昼食を取っていたところ、聞き慣れた声が降ってきた。

顔を上げると、いつの間にかすぐ近くまで寄ってきていたシリウスが、興味深そうにテーブルの上の料理を見下ろしていた。

「サラダ３皿に、肉料理２種、魚料理３種、スープ、デザートが山盛りか。……すごい食欲だな」

「健康ですから」

すました顔で答えると、シリウスはおかしそうに口元を震わせた後、隣の椅子に座ってきた。

「午前中に行われた魔物討伐の報告はまだ受けていないが、お前の食欲を見る限り、多くの魔物が出たようだな」

「……私の食欲から、討伐した魔物の多寡は分からないわ」

ナプキンで口元を拭きながら答えると、おかしそうに笑われる。

「ははは、そんなわけないだろう！　どういった不思議か、お前の魔力と胃袋はつながっているようだからな。お前はいつだって、魔力を多く使用すればするほど、食欲が増して多くのものを食べている。そして、食後しばらくすると、失ったはずの魔力がすっかり元通りになっているのだからな」

「ほほほ、シリウスったら。最近、聖女たちに教えてもらったんだけど、失った魔力を食事で補填しようとする聖女はあまりいないらしいわよ。だとしたら、私がそのいやしい特殊タイプだなんて、事実だとしても認めるはずがないわ」

つい昨日、聖女たちから教えてもらった情報を披露すると、シリウスは手を伸ばしてきて、私の髪をくしゃりとかき回した。まるっきりの子ども扱いだ。

「やっとその情報を掴んだのか。収集時期が10年遅いが、セラフィーナだから仕方あるまい。お前の発言を一部訂正すると、失った魔力を食事で補填する聖女は、『あまりいない』のではなく『お前ただ一人』だ」

「えっ?」

そんな話は聞いていない。聞いていないけど……聖女たちは非常に言い難そうにしていたので、表現に気を遣ってくれたのかもしれない。

「お前の魔力量は突出している。お前の次に優秀な聖女の魔力量は、お前の半分の半分以下なのだからな。つまり、お前のように大量の魔力を持っている聖女は他にいないし、お前のように一度に大量の魔力を使い切って、空っぽにする聖女も他にいないということだ」

「そうなのね」

知らなかったわ、と思いながらシリウスの話を聞いていると、彼は優しい表情を浮かべた。

「もちろん、魔力回復薬を飲んで強制的に魔力を作り出す方法もあるが、食事をすることで自動回復するのならば、それに越したことはない。毎回、お前が持つ大量の魔力を、強制的に作り出そうとするのならば、体への負担が大きいだろうからな。恐らく、お前の体に適した優しい方法を、お前の体が編み出したのだろう。ところで、食事と言えば」

シリウスは話の途中で何かを思い出したようで、話題を変えてきた。

「先日、お前は騎士団長に回復薬を提供しただろう」

「ええ」

返事をしながら、そんなこともあったわねと、数日前のことを思い出す。

作り過ぎてしまったわと反省しながら、回復薬の瓶をたくさん詰めた木箱を手に廊下を歩いていたところ、アルナイル第五騎士団長とすれ違ったのだ。

その際、回復薬をもらってもらえないかと相談したところ、私の言葉を遮る勢いで「ほしいです!!」と言ってくれたのだ。

そのため、木箱ごと提供したのだった。

「回復薬自体はどこにでもあるものだけれど、騎士というのは職業柄、大量に回復薬を必要とするはずだから、どれだけあっても困らないと思うのよね。少しでも役に立てたのなら嬉しいけど」

その時のことを思い返しながら、そう口にすると、シリウスは呆れた様子で片方の眉を上げた。

「お前の回復薬は、王族のみに使用が限定されている代物だ。『少しでも役に立てたら』というレベルの物ではない」

「え？」

確かに私が作った回復薬は、お兄様たちが優先して使っているけど、王族専用のはずはないだろう。

お兄様たちが使い切れない分は、近衛騎士団の騎士たちにお裾分けしたり、街で配ったりしているのだから。

シリウスは私の考えを読んだかのように、頭の中の疑問に答えてくれた。

「対外的には、そう定められているということだ。だが、誰一人だって、至尊の大聖女の行動を止められるはずもない。お前が自主的に配る回復薬については、全員でお目こぼしをしているだけだ」

「そっ、そうなの？　知らなかったわ！」

思ってもみない話を聞かされ、目を丸くする。

けれど、すぐに、それほど融通が利くのならば、知らない振りをして、これからも皆に配ることにしよう、と心の中で独り言ちた。

自分の閃きにニマリとしていると、私の考えを読んだであろうシリウスが、呆れた様子でため息をつく。

けれど、シリウスはそれ以上苦言を呈することなく、話の続きに戻った。

「それで、騎士団長たちはお前から回復薬をもらったことにいたく感動して、お礼に晩餐に招待したいと言い出した。大聖女であるお前と晩餐をともにすることこそがこのうえない栄誉だから、あいつらの提案自体が的外れなのだが……オレの教育が行き届いてないせいだと、見逃してくれ」

騎士たちを庇うセリフを聞いて、シリウスの愛をまざまざと目にした気持ちになる。

いつものことだけれど、シリウスは騎士たちが大好きなのだ。

「分かったわ！　そのご招待をありがたく受けさせていただきます」

私の言葉とともに、1週間後に騎士団長たちと晩餐をともにすることが決定したのだった。


そして、晩餐会当日。

私は比較的簡易なドレスを身に着けると、シリウスとともに騎士団長専用の食堂に向かった。

せっかくなので騎士たちのテリトリーに招待してもらいたいと考えて、食堂を利用したいとリクエストを出したのだ。

扉の前に着くと、内側から扉が開けられる。

中を覗き込むと、顔なじみの騎士団長たちが勢ぞろいしていた。

ハダル第二騎士団長、ツィー第三魔導騎士団長、アルナイル第五騎士団長、エルナト第六騎士団長の４名だ。

全員が扉の近くに立ち、騎士服の胸元にありったけの勲章を着けている。

その姿を見て、歓迎してくれているのね、と嬉しくなったけれど、４人ともに緊張した様子で顔を強張らせていたので、無理をしているようだ。

騎士団長の本分は剣を持って戦うことだから、形式ばった晩餐の席には慣れていないのだろう。

それなのに、私を歓待しようと席を設けてくれるなんて、ありがたいことこのうえないわ。

そう考えながら、私は扉近くにいたツィー団長にピンクの包みを差し出した。

「本日はご招待いただきありがとう。お土産にクッキーを作ってきたので、よかったら皆さんで食べてちょうだいね」

「ク、クッキー？　を、つ、作った⁇　オレだけのためにですか⁉」

ツィー団長がそう口にした瞬間、隣に立っていたアルナイル団長がツィー団長のお腹に拳をめり込ませた……ように見えたけれど、ツィー団長はかっと目を見開いただけで平然としていたので、見間違いに違いない。

「ツィー、お前、それ以上妄想を垂れ流したらマジで殺すぞ」という、脅すような小声が聞こえた気がするけれど、これも空耳に違いない。

ぱちぱちと瞬きをしている間に、アルナイル団長はツィー団長を後ろに押しやると話しかけてきた。

「こちらはもしかして、セラフィーナ様の手作りですか？」

その質問内容から、クッキーの味を心配されているのだわとぴんとくる。

「ええ、だけど、安心してちょうだい。王女らしからぬと注意されるのだけど、私はよくお菓子を作るのよ。何度も作っているから、食べられないような味ではないはずよ。もちろん、お店の物と比べられるほどの物ではないので、無理をして食べる必要はないからね」

「承りました！　香りだけ嗅いで、未来永劫飾っておきます!!」

「家宝として、末代まで継承します!!」

「……やっぱり、食べてちょうだいね」

元気よく返されたハダル団長とエルナト団長の個性的な考えを聞き、私はそう訂正したのだった。

その後、騎士団長たちに案内される形で、シリウスとともに中央のテーブルまで歩を進めたけれど、テーブルの上を見た途端、私はびっくりして声を上げた。

「まあ、すごいご馳走ね！」

なぜならテーブルの上には、所狭しと多くの料理が並べられていたからだ。

「この3日間、森に籠って、美味と言われる魔物を片っ端から狩ってきました！」

ハダル団長が大きな声でそう答えると、他の団長たちも次々に声を上げる。

「肉だけではなく、美味だと評判のフルーツや蜂蜜も森で採取してきました！」

「それらの材料を使って、料理人に徹夜で料理を作ってもらいました！」

「さらに、今日はきちんと風呂に入って魔物狩りの汚れを落とし、騎士服を着替えてまいりました！」

丁寧に説明してくれる騎士団長たちから、歓待してくれる気持ちが伝わってきたため、私の顔に笑みが浮かぶ。

「まあ、嬉しい！　とっても楽しみだわ」

そう答えながら、シリウスとともに席に着くと、騎士団長たちがすかさず皿に料理を取り分けてくれた。

並べられたたくさんのお皿を前に、ナイフとフォークを握りしめたけれど、そこで、はたと動きが止まる。

それから、どうしたものかしらと考え込んだ。

なぜなら今日の私は朝から魔物討伐に行き、大量の魔力を使ったため、お腹がぺこぺこだったからだ。

元々の予定では、晩餐時に食べ過ぎることがないよう、事前に軽食をつまんでくるつもりだったのだけど、思ったよりも帰城時間が遅くなってしまったため、入浴して着替える時間しかなかったのだ。

……困ったわ。とりあえず、皆の前では小食な王女を演じることにしよう。

そう決意しながら小さく口を開けると、私は野菜をちょっとだけ口に入れたのだった。

けれど、お腹がぺこぺこなのに、目の前のご馳走を食べることができない、という状況はものすごく辛かった。

食べたい。でも、いつもの調子で食べたら皆がびっくりしてしまうわ、と自分に言い聞かせながら、少しでも空腹であることを誤魔化そうとたくさん咀嚼していると、目の前に座ったアルナイル団長が興奮した様子で口を開いた。

「セラフィーナ様、先日は王族専用の特製回復薬をお譲りいただき、ありがとうございました！　セラフィーナ様が作られただけあって、ものすごい効果でした!!　オレはこのお礼の言葉を言うために今日まで生きてきたので、もう思い残すことはありません!!」

その大袈裟な物言いに戸惑いを覚えたけれど、以前、騎士団長たちはシリウスのことを『化け物』だとか『永遠に働き続けることが可能』だとか言っていたので、何事も誇大に表現する傾向があるのかもしれない。

そう思いはしたものの、誰が作った回復薬でも効果は同じだろうに、ものすごく喜んでくれる姿を見て嬉しくなる。

「どこにでもある回復薬なのに、そう言ってもらえて嬉しいわ」

笑顔でそう返すと、ハダル団長から必死な様子で否定された。

「ど、どこにでもあるものですか!?　もちろん、どこにもありませんよ!!　オレは職業柄、これまで多くの回復薬を使用してきましたが、あんな強力な効果を発揮する回復薬は初めて体験しましたから!!」

「ハダルの言う通りです！　オレは内臓をやられていたので、息をする度に燃えるような熱さを感じて苦しかったんですが、セラフィーナ様の回復薬を飲んだ後は、ものすっごく空気が美味しかったです!!　天上の国の空気を吸ったのかと思いました!!」

アルナイル団長も両手で握りこぶしを作ると、熱心に感想を述べてくれる。

その表現はやっぱり大袈裟だったけれど、喜んでいる気持ちが伝わってきたため、私はとっても嬉しくなった。

そのため、次々に飛び出てくる騎士団長たちの様々な話を、笑顔で聞いていたのだけれど、私の横ではシリウスが、「皆、しゃべり過ぎだな」と顔をしかめていた。

多分、騎士団長たちがちょこちょこと、シリウスが私に甘いという話を持ち出してきたので、耳を塞ぎたい気持ちになったのだろう。

一方、私にとってはどれもが初めて聞く話で面白かったので、シリウスの呟きを聞こえない振りをして、騎士団長たちの話に耳を傾けていた。

けれど――――突然、私のお腹がぐーっと鳴る。

「ひゃあっ！」

向かい合った席に座る騎士団長たちには聞こえなかったようだけど、隣に座っているシリウスにはばっちり聞かれたようだ。

なぜなら彼はわざとらしく私の手元を見つめると、「食が進まないようだな」と、ことさら大きな声で話しかけてきたのだから。

「えっ、い、いいえ、たくさん食べているわ！」

本当は、食べたい分量の半分の半分の半分も食べていなかったけれど、騎士団長たちから褒めそやされる立派な大聖女は、食事をがっつくものではないわと言い聞かせながらシリウスに返事をする。

すると、彼はにこやかな表情で言葉を続けた。

「セラフィーナ、晩餐の席で大事なのは、好き嫌いをしないことと、料理を残さないことだ。立派な淑女になるために、残さないように食べてみろ」

「「「「はあっ!?」」」」

けれど、私が返事をする前に、シリウスの言葉を聞いた4人の騎士団長たちが驚愕した声を上げる。

それから、慌てた様子で立ち上がると、口々に反対意見を述べ始めた。

「い、いや、シリウス団長、この量を食べ尽くすのは不可能ですよ！」

「ただでさえセラフィーナ様は精霊のように細いのですから、胃袋も小さいに決まっています!!」

「セラフィーナ様を前にしたら、どんな料理でも美味しく感じますが、そんなオレでもこれらを食べ尽くすのは無理ですから!!」

「あれ、おかしいな？　シリウス団長はセラフィーナ様におっそろしく優しいと聞いていたのに、今のは鬼畜対応だぞ!?」

シリウスは黙って4人の訴えを聞いていたけれど、聞き終わると冷静に返事をした。

「オレはセラフィーナが幼い頃から、彼女の教育係を拝命している。彼女を正しい淑女に導く義務があるから、それを全うしようと努めているだけだ。それに、お前たちが3日もかけて集めてきた食材を無駄にしたら、胸が痛むからな」

4人の騎士団長が心の中で、『オレたちに関することで、シリウス団長の胸が痛むことは絶対にありません!!』と叫んでいることは明白だったけれど、賢明にも誰一人として口に出すことはなかった。

代わりに、4人はおもむろにフォークを手に取ると、黙々と料理を食べ始める。

きっと、テーブルの上の料理を残すな、と言いつけられた私の手伝いをしてくれているのだろう。

体が資本の騎士団長たちだけあって、次々と料理の皿が空になっていく。

その様子を見た私は、びっくりして目を丸くしたけれど、私の隣ではシリウスが、「やっと静かになったな」と満足そうに呟いていた。

その言葉を聞き、まあ、シリウスは騎士団長たちの話を止めさせたくて、先程の発言をしたのかしらと思ったけれど、私の好物ばかりをよそった皿を差し出されたために考えを改める。

　そうね、シリウスの発言の目的の半分は、騎士団長たちを黙らせることだったかもしれないけれど、もう半分はお腹がぺこぺこの私にご飯を食べさせようとしてくれたのだわ。

　一心に食事をする騎士団長たちは、私に一切注目していなかったため、それ以降の私は、思うがままにたくさんの料理を楽しむことができたのだから。

「さすがは騎士団長厳選の食材を使った料理ね！　どれもすごく美味しいわ」

　もぐもぐと咀嚼しながらシリウスに告げると、彼はよかったなとばかりに目を細めた。

　それからしばらくの間、私は黙々と料理を食べ続けていたのだけれど、突然、ぴたりと動作が止まる。

　なぜなら私が不得意な緑のリリコの実を、フォークで刺してしまったことに気が付いたからだ。

　リリコの実は緑から赤に変わる。

　そして、多くの場合は緑色の状態で料理されるのだけれど、私は赤に変色する前のものは酸っぱ過ぎて食べられないのだ。

　どうしよう、と硬直していると、私の様子を見守っていたシリウスが顔を近付けてきた。

　それから、口を開けると、私のフォークに刺さっていたリリコの実をぱくりと食べる。

「えっ!?」

　思わず驚きの声を上げたけれど、同時に上がった4つの大声にかき消された。

「は!?　た、食べた？」

「シリウス団長がセラフィーナ様のフォークから食べた!?」

「「そんなことが許されるのか！！？」」

それまで黙々と料理を食べ続けていた騎士団長たちだというのに、全員が手を止めてこちらを凝視している。

どうやら見られたくない場面を、ばっちり目撃されてしまったらしい。

私は恥ずかしい気持ちになって、顔を真っ赤にしたけれど、シリウスは気にする様子もなく騎士団長たちに顔を向けた。

「お前たちが厳選しただけあって、悪くない味だ。それから、セラフィーナが食べられずに困っていたため、お前たちが言うところの鬼畜対応を止めて、人として優しく接したつもりだが、何か問題があるか？」

「「「………………ありません」」」

騎士団長たちはものすごく何かを言いたそうな表情を浮かべたけれど、勇気を出せなかったようで、結局はシリウスの言葉を肯定した。

そんな騎士団長たちに向かってシリウスは頷くと、赤い顔のまま成り行きを見守っていた私に顔を向ける。

それから、手を伸ばしてきて私の顔に掛かっていた髪を払うと、優しい笑みを浮かべた。

「やつらの視線がお前に戻ってしまったため、これ以上食べるのは難しいな。……セラフィーナ、満足したか?」

その優しい仕草と先ほど私のフォークから料理を食べたシリウスの行為に、突然、胸が詰まったような心地になる。

この感覚は何かしら、と不思議に思ったものの、お腹がいっぱいになった時の感覚と似ているように思われたため、満腹になったのかもしれないと考えながら頷いた。

すると、シリウスは「そうか」と言いながら、優しく頭を撫でてくれた。

一方、私の頷く仕草を見たことで、騎士団長たちは私の横に積み上げられた空皿に気付いたようだ。

魔力が空っぽになった時の食事量としては少なめだけれど、一般のご令嬢としては十分多い量の空皿を見て、騎士団長たちは感激した様子を見せた。

「セ、セラフィーナ様にこれほどたくさん食べていただけるとは感無量です!!」

「3日間、森に籠った甲斐がありました!!」

騎士団長たちの嬉しそうな表情を見て、私も嬉しくなる。

そのため、私は笑みを浮かべると、彼らに向かってお礼の言葉を口にした。

「本日はお招きいただきありがとう。とっても美味しい料理だったわ」

「「「こちらこそ、食べていただきありがとうございました!!」」」

そんな風に、全員が笑顔の状態で、晩餐会はお開きとなったのだった。


――――けれど、その日の夜。

王城の私室で1人になった際、私はどういうわけか空腹を覚えた。

そのため、侍女に頼み込んで、こっそり夜食を運んでもらう。

料理をぱくぱくと食べながら、やっぱり今夜は普段と比べると食事量が少なかったのだわ、と改めて思い返し、お腹が空いたことに納得する。

……それなのに、どうして先ほどシリウスに尋ねられた時には、満腹だと思ったのかしら?

そう疑問を覚え、私は食事の手を止めると首を傾げた。

答えがでないまま窓越しに空を見上げると、真っ暗な中に月が輝いている。

しばらくの間、その壮麗さに見とれていたけれど、ぽつりと言葉が零れ落ちた。

「……月がきれいね」

それは、見たままの光景を口にしたものだったけれど――――その時なぜか、月の輝きのような銀の髪を持つ近衛騎士団長のことを、私は思い出したのだった。

300年前の
ナーヴ王国を舞台にした、
大人気スピンオフシリーズ！
転生した大聖女は、
聖女であることをひた隠す
ZERO
1巻 プロローグ試し読み

【ＳＩＤＥシリウス】セラフィーナという従妹

死の瞬間には、生まれてから死ぬまでに起こった、様々な出来事を思い出すらしい。が……

「……はは、走馬灯というよりも幻想だな。オレがずっと夢見てきた、こうであってほしいという理想の光景だ。……まさか、たった6歳のセラフィーナが実現させるとは……」

オレは何度も瞬きを繰り返したけれど、目に映る光景は変わらなかった。

なぜだか。どういうわけか。

その時、目の前で繰り広げられていたのは、オレが長年夢見てきた――いや、違う。それ以上の……オレの理想を遥かに超えた光景だった。

全身に傷を負い、倒れ込もうとする騎士たちの傷を瞬時に治し、攻撃力や速度を上昇させることで鬼神のような集団を創り出すセラフィーナの「聖女」の力。

そして、騎士たちの遥か後ろに隠れるのではなく、同じ場所に立ち、ともに戦う誇り高き「聖女」の姿……

「このような聖女がいるとは、信じられないな。そもそもセラフィーナの力は聖女のものなのか？」

彼女から繰り出されるのはこれまで見たこともない魔法で、そのため、果たしてそれが聖女の魔法であるのかどうかも判断できない。

目の前の小さな聖女は、そんな前代未聞の力をこれでもかと使いまくっていた。

あまりに常識外れな力を目にしたことで、戦闘中だというのに乾いた笑いが零れる。

「ははは、何だこのでたらめな力は？　世界の理が狂ってしまうぞ‼」

魔物に取り囲まれてはいたものの、小さな聖女が圧倒的な魔法を次々に繰り出すため、全く負ける気がしない。

「はははははは！」

オレはもう一度笑い声を上げると、剣を構え直し、敵に向かって一歩踏み出したのだった。

◇　◇　◇

その日、オレはナーヴ王国国王の私室で、プロキオン王とテーブルを挟み、向かい合せる形で座っていた。

「セラフィーナ？」

王の口から馴染みのない名前が発せられたため、その名の主を思い出そうと声に出す。

すると、うっすらと記憶に何かが引っ掛かった。

オレ、シリウス・ユリシーズは、ナーヴ王国国王の実弟であるアケルナー・ユリシーズ公爵の一人息子だ。

王国では珍しい銀髪白銀眼をしており、長身で筋肉質と体格に恵まれている。

父は鬼籍に入っていたため、19歳ながら公爵位を継いでおり、併せて、ナーヴ王国角獣騎士団副総長の職にあった。

そのため、それぞれの立場、あるいは王の甥という身上により、玉座の間よりも遥かに入室が困難だと言われる王の私室に呼ばれることが度々あった。

今回も、これまでと同じような用事だろうと、特別なこととは思わずに王の私室を訪問したのだが、どうやら趣が異なるようだ。

常にないことに、王はオレ以外の全員を部屋から退出させたのだから。

侍従すらいなくなった部屋を見回して訝しく思っていると、王は自ら洒落た形の瓶を手に取ってグラスに注ぎ、その一つをオレに手渡してきた。

ソファに深く座り、グラスに口を付けながらちらりと見ると、王は傍から見ても分かるほど緊張した様子だった。

これはただ事でないなと用心していると、王は明らかな作り笑いを浮かべた。

「いやあ、忙しいところすまないね。そして、久しぶりに顔を合わせたが、相変わらずお前はすごい美形だな。さすが、『角獣騎士団ナンバーワン美形騎士』に、3年連続で選ばれただけのことはある」

「…………」

王がオレの容姿を褒めるのは、何事か厄介な仕事を押し付けようと考えている時だ。

そのことは十分分かっていたため無言を保っていると、王は緊張した様子で、服の胸部分で手の汗を拭った。

それから、躊躇いがちに口を開く。

「セラフィーナを知っているか？」

「セラフィーナ？」

咄嗟に誰のことだか分からなかったため、名前の主を思い出そうと声に出す。

すると、王はがくりと項垂れた。

「……そうか。国の重要人物全ての名前を憶えているお前が、セラフィーナの名前を聞いてもすぐに思い当たらないのか。それは、……結構な衝撃だな。セラフィーナは私の末の子にして、今年6歳になるナーヴ王国の第二王女だ」

王の口から説明されてやっと、記憶の端に引っ掛かっていたものが形を取る。

……ああ、いたな。

確かに6年ほど前、新たな王族の誕生を祝う披露目の式典があり、王妃が白いレースのドレスにくるまれた小さな赤子を抱いていたのだった。

あの王女は、その後どうしたのだったか？

3人の王子と第一王女はちらほらと目にする機会があるが、セラフィーナ王女については披露目の式典以外で目にした記憶が一切なかった。

よっぽど城の奥深くで育てられているのだろうかと、グラスを口に運びながら思考していると、王が深いため息をついた。

「……いや、お前がセラフィーナを知らないのは至極当然のことだ。なぜならあの子は王城にいないのだから、目にする機会があるはずもない。セラフィーナはレントの森で暮らしているのだ」

「レントの森？」

それは辺境の地と言える、王国の最東端に位置する深い森だった。

とても一国の王女が暮らす場所ではないだろう。

「なぜセラフィーナは、そのような場所で暮らしているのですか？」

疑問に思うまま、国王に尋ねる。

すると、国王は扉が固く閉まっているのを確認した後、言いにくそうに口を開いた。

「ごく限られた者しか知らない話だが、…………セラフィーナは生まれつき、目が見えないのだ。原因不明の目の病を抱えており、生後すぐからこれまでの間、多くの医師や聖女に診せてきたが、誰一人治癒することができなかった」

それは初めて聞く話だったため、オレは驚きで目を見張った。

……なるほど。これまで全く情報が洩れなかったことから鑑みるに、王はよっぽどこの情報を秘匿したかったのだろう。つまり、それだけ王女を大事にしているのだ。

多くの場合、身体的欠陥は王族として大きな欠点となる。

そのため、王は父親として幼い王女を守ろうとしたのだなと考えていると、プロキオン国王は組んだ両手に視線を落としたまま苦々し気に言葉を続けた。

「恐らくセラフィーナの目は生涯治らない。あの子は光のない世界と一生付き合っていくしかないのだ」

それは幼い王女にとって、非常に辛いことに思われた。

だが、王国の最高権力者が手を尽くした末の結論だとしたら、もはやどうにもならないのだろう。

やるせない気持ちになって小さくため息をつくと、オレはグラスの中身を飲み干した。

王は言葉を続ける。

「知っての通り、王城は魑魅魍魎が跋扈する、些細な失敗で足を掬われる油断ならない場所だ。このような場所では、盲目のセラフィーナは格好の餌食になるだろう。そのため、あの子の目が見えないうちは遠くに隔離しておき、目が完治したタイミングで王城へ呼び戻そうと考えていたのだが、……今日まで散々手を尽くしてきたが、何一つセラフィーナの目には効果がなかった」

そこで一旦言葉を切ると、王はぐっと組み合わせていた指に力を込めた。

「だから……治る見込みがないのであれば、速やかにセラフィーナを王城に連れ戻そうと決意した」

「王の気持ちは理解できます」

オレがそう相槌を打つと、王は悩まし気な表情で言葉を続けた。

「セラフィーナは王族として生きていかねばならない。だとしたら、早めに王城に慣れ、自分の立ち位置を確立すべきだろう。苦しい道だが、あの子は自らの足で立っていかねばならないのだ……」

王はそこで顔を上げると、身を乗り出してきてオレの両手を取り、懇願するかのように見つめてきた。

「シリウス、お願いだ！　一人の娘の父親としての頼みを、どうか聞いてほしい！　私の甥であり、王国一の大貴族ユリシーズ公爵であり、角獣騎士団副総長の職位にあるお前に、セラフィーナを迎えに行ってほしいのだ!!」

それは、娘を案じる父親にとって、理にかなった要望だった。

なぜなら王都から離れて暮らす王女を誰が迎えに行くかで、人々は王女の価値を推し量るだろうから。

王自ら迎えに行けるはずもないため、代理を立てる必要があるが、では、その代理は誰が最上かと考えた時、――――冷静に判断して、オレ以上の者は見当たらないだろう。

ナーヴ王国で国王の次に重要な役割を果たし、次期騎士団総長の職位が確実視されていることに加えて、――――国民からの人気が高かったからだ。騎士として日々多くの魔物を倒しているため、国民に安全を提供する者として。

「セラフィーナはオレの従妹にあたるので、迎えに行くことはおかしな話ではないでしょう。分かりました、この話をお引き受けします」

オレは迷うことなく王に返事をした。

すると、国王はぱっと顔を輝かせて、もう一声とばかりに続けた。

「ありがとう、シリウス！　ついでに、セラフィーナの価値を上げてきてくれ!!」

「は？」

「あの子は赤い髪をしているから、優れた聖女になり得るはずだ。しかし、成人前なので精霊と契約することはできず、大した力は使えないから、あの子自身が力を示すことはできない。だから、お前が道中、セラフィーナの聖女らしい話をでっちあげて、『うわー、セラフィーナはすごいー!!』と大声で叫びながら帰ってきてくれ。お前はものすごい美形のため、女性たちから絶大な人気があるからな。そして、最強の騎士のため、男性たちの人気者だからな。結果、お前が口にすることは、全ての国民が信じるようになっているのだから、利用しない手はないだろう!!」

「…………」

そうだった。国王は調子に乗るタイプだった。

オレはずきずきと痛み出した頭を押さえると、頃合いだなと考えて退出の許可を取った。

王はにこにこと微笑みながら、「シリウス、頼んだよー。『セラフィーナのセは、聖女のセ！』なーんて、国民に分かりやすい言葉を叫びながら宣伝してねー」と理解不能なことを口にしていた。


廊下に出ると、オレは深いため息をついた。

それから、遠く離れた場所に住む従妹に思いを馳せた。

……セラフィーナが暮らしているレントの森には、王家の離宮があったはずだが、非常に古いものだったと記憶している。

加えて、王都から離れた辺鄙な場所にあるため、訪ねる者は限られるだろう。

そのような華やかさとは無縁の場所で、王女は数少ない侍女と侍従、騎士たちとともに暮らしているのだ――生まれた時からずっと、目が見えないままに。

それは、幼い王女にとって、非常に寂しい暮らしに思われた。

そのため、その時のオレは、恐らく王女に同情していたのだろう。

彼女は今後、目が見えないことで侮られることがあるかもしれない。

だとしたら、せめてなりとも彼女の後ろ盾となって、守っていこう。

そう考え、今日も明日のその先も、スケジュールがぎゅうぎゅうに詰まっていることを理解しながら、王都から遠く離れた東の地を訪れる計画を練り始めたのだった。

――――後日、実際に王女と対面したオレは、同情などお門違いの感情であったことを思い知らされるのだが。

そのような未来を見通せるはずもないオレは、その時、呆れたことに幼い王女を庇護するつもりでいたのだった。

あとがき

本巻をお手に取っていただきありがとうございます！

おかげさまで、本シリーズも8巻目になりました。

すごいですね、お付き合いいただきありがとうございます。


とうとうフィーアが筆頭聖女候補と顔を合わせ、（なんちゃって）聖女としてデビューし……と聖女尽くしになってきましたね！

しかしながら、この辺りは「ナーヴ王家編」と考えているので、聖女の話をちりばめつつも、王家のメンバーにフォーカスしていけたらなと思っています。


そんな本巻ですが、今回もchibiさんに素敵なイラストで彩ってもらいました！

前巻で描いてもらった道化師たちがあまりに素敵だったので、今回はぜひ表紙に登場させたい!!と強く希望した結果、叶えていただきました。

見ているだけで楽しく、素晴らしいイラストだなとため息をついています。

こんな3人が広場にいたら、私はすぐに見に行くでしょう。

chibiさん、いつも素晴らしいイラストをありがとうございます!


さて、今回は初めて、同時刊行というものに挑戦しました。

「転生した大聖女は、聖女であることをひた隠すZERO」2巻と合わせて、2冊を同日に発刊してもらったんですね。

記念として、本巻巻末にZEROの冒頭部分を掲載いただきました。

少しでも興味をお持ちの方がいらっしゃいましたら、ぜひZEROもお手に取っていただければ嬉しいです。

ZEROは過去編と言いながら、独自ストーリー色が強くなってきたので、別作品としても楽しめるのではないかなと思っています。どうぞよろしくお願いします。


それから、2冊同時刊行を記念して、第2回キャラクター人気投票を実施中です。

今回も、1位になったキャラのショートストーリーを出版社ホームページで無料公開予定ですので、ぜひぜひお好きなキャラに投票していただければと思います。

ちなみに、前回の1位はシリル第一騎士団長(726票)でした。

投票先のアドレス、及びＱＲコードについては、左記に記載していますので、そちらをご覧ください。

令和５年２月末までの実施となっており、投票&指定のツイートをＲＴされた方の中から抽選でオリジナルキャンディー缶をプレゼント予定ですので、ご参加のほどよろしくお願いします。

https://www.es-novel.jp/special/daiseijo/

ところで、お知らせ用にツイッターを始めました。
本作品に関するお知らせをちょこちょことアップしていますので、よかったら覗いてみてください。
https://twitter.com/touya_stars
※「十夜」「ツイッター」で検索すればヒットすると思います。ユーザー名は@touya_starsです。

最後になりましたが、ここまで読んでいただきありがとうございます。

本作品が形になることにご尽力いただいた皆さま、読んでいただいた皆さま、どうもありがとうございます。

今回は同時刊行ということで、スケジュールが重複して苦しめられましたが、それでも書籍化作業は楽しかったです。

お楽しみいただければ嬉しいです。

セラフィーナ
はじめての海へ！
は、
ひた隠す
漫画：海森
「転生した大聖女は、
聖女であることをひた隠すZERO」
コミカライズ企画
進行中!!

『ZERO』コミカライズ進行中!

"ZERO" Comicalization in progress !

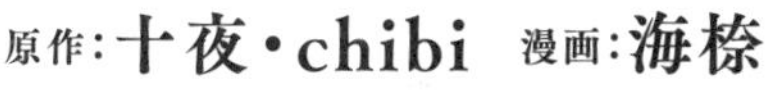

原作:十夜・chibi　漫画:海榡

2023年夏ごろ 連載開始予定!!

EARTH STAR NOVEL

転生した大聖女は、聖女であることをひた隠す 8

発行 ―――― 2023年2月15日 初版第1刷発行

著者 ―――― 十夜

イラストレーター ―――― chibi

装丁デザイン ―――― 関善之＋村田慧太朗（VOLARE inc.）

発行者 ―――― 幕内和博

編集 ―――― 今井辰実

発行所 ―――― 株式会社アース・スター エンターテイメント
〒141-0021 東京都品川区上大崎 3-1-1
目黒セントラルスクエア 7F
TEL：03-5561-7630
FAX：03-5561-7632
https://www.es-novel.jp/

印刷・製本 ―――― 図書印刷株式会社

ISBN 978-4-8030-1747-2